陈志宏 —— 著

凌晨四点的月光

江西人民出版社
Jiangxi People's Publishing House
全国百佳出版社

图书在版编目（CIP）数据

凌晨四点的月光 / 陈志宏著. -- 南昌：江西人民出版社，2020.4
ISBN 978-7-210-12085-8

Ⅰ. ①凌… Ⅱ. ①陈… Ⅲ. ①散文集－中国－当代 Ⅳ. ①I267

中国版本图书馆CIP数据核字(2020)第029899号

凌晨四点的月光

陈志宏 / 著

责任编辑 / 冯雪松

出版发行 / 江西人民出版社

印刷 / 三河市金泰源印务有限公司

版次 / 2020年4月第1版

2020年4月第1次印刷

690毫米×980毫米　1/16　13.5印张

字数 / 200千字

ISBN 978-7-210-12085-8

定价 / 36.80元

赣版权登字-01-2020-7

版权所有　侵权必究

如有质量问题，请寄回印厂调换。联系电话：13833676809

前言

守望初心

村口有棵百年老樟树，目送一代又一代年轻人闯世界，也迎接一个又一个鹤发者返家，微风起时，落下片片绿叶，算是为出走和回归，清唱一曲。

初心是什么？在我看来，初心就是年少时背上行囊，打樟树底下走过。不曾忘，离家时，暗自发誓，再也不回这穷厄的小村啦。我有这傻呆的勇气，只因手里拽着一支笔。有纸和笔，能坐下来写作，于我而言，就是幸福天堂。

人为什么要写作？答案五花八门，有人为安身立命，有人为流芳百世，更多人只图心声倾吐时那一刻的畅快和舒心，而我，提笔写字，只是好玩。

当别人扎堆游戏的时候，当别人悠游闲逛的时候，当别人上桌打牌的时候，当别人吃喝玩乐的时候……我把自己关在小屋子里，写字玩，自得其乐。

同龄人正常地进入婚恋，有了家和孩子，享受人生，而我依然坐冷板凳，奋笔疾书。

世上的玩法有千万种，我最钟情的，只是写作。就算把我投到地狱里去，只要给我纸和笔，也会欣然赴命。

什么时候，我稚拙的笔头调转方向，不再以玩为目的了呢？还不是因为生活。

穷则思变。一个穷书生，我怎么变？手头只有一支笔，故而写作方向为之大变。于是，接广告，写创意方案；去采访，做纪实报道；触了"电"，推广电视剧……

方向引领未来。笔头调转了方向，心态远离了玩乐，写作的感觉又苦，又累，又迷茫。写作之于我，原本与钱无关，却在岁月长河中，卷入了金钱的旋涡，不能自拔。

魏征在《谏太宗十思疏》中说："有善始者实繁，能克终者盖寡。"善始容易善终难，开始像玩一样的写作，怎么就变成了挣钱的工具呢？拿到一笔笔厚薄不一的钞票，我像个找不到家的孩子，迷惑不已。

纪伯伦在《先知》一文中，有铮铮之言："我们已经走得太远，以至于忘记了为什么而出发。"

初心依旧在，只是心态改。到达，却忘记了为何出发。不停地追问自己，写作，到底为了什么？得出的结果是，不能这样活，要改变，要在迷途中修正方向，找回初心。

薪酬逐年提高，一劳永逸解决了人生窘境，再也不用逼自己码字赚钱啦。但是，烂掉文笔很容易，再要恢复当年的清言丽辞，总感觉难于上青天。

不知翻了多少书，练过多少笔，写起来那种好玩的感觉，总也找不到，生生愁白了头。急火攻心，苦于世间无良药。病急就乱投医，听人说写小说好，又听说谁谁谁转型写小说，都成功了，经不住诱惑，一支笔像迷失方向的小船，划向那小说港。在迷失中，不可避免地碰到南墙，惊回首，故乡的老樟树迎接我回归。

身不疲，心累，回到有古樟的故乡，端坐西窗下，几夕风雨一支笔，我手写我心，有点好玩了，有些意思。初心如梦，梦圆故乡。

李白诗云："浮生若梦，为欢几何。"我这一生，写，为欢之源，因为那里藏着一颗闪亮的初心。

守望初心。

陈志宏
元月于南昌抚河畔

目录

一本书，
一杯茶，
一个悠然的午后，
手捧卷，
风敲窗，
一室书香一世情，
人世安好，
时光静美。

第一辑　便是好时节

003 >>　江南瓦
005 >>　江南柳
008 >>　萧萧池塘暮
011 >>　江南葛
014 >>　江南岸
017 >>　唧唧堂前燕
020 >>　樟香满城春
022 >>　浙南行思
029 >>　落日浮桥
032 >>　最好的行囊
034 >>　大觉山游记
039 >>　春香
042 >>　德安痛
045 >>　守天黑的人
050 >>　这个世界很近
053 >>　一树一树春花开

CONTENTS

一切都会过去，
苦不尽，甘也会来，
因为苦里也有甜，
苦中能作乐。
就像世上再悲苦的往事，
总有一天，
你会笑着说出来。

第二辑 人间岁月长

057 >> 雨夜的灯光

060 >> 母亲送鸽

062 >> 父亲就是打破神话的那个人

064 >> 墙上的母爱

066 >> 撤诉的女人

068 >> 爱的扑满

072 >> 父亲的下弦月

075 >> 石门楼

080 >> 那一嘟囔的重量

081 >> 孩子，苦不苦

084 >> 小而不小

087 >> 杨柳枝三寸长

090 >> 一条路记住一个人

092 >> 最后一课

095 >> 柳条帽

098 >> 凌晨四点的月光

101 >> 慢十分的生活

目录

第三辑　心若无闲事

人这一生，
说到底，
还是要凭本事找到属于自己的平台，
努力实现人生价值，
要是找不到呢，
就像马云那样，
造一个平台，
福泽人间。

105 >> 书香致远
108 >> 人生不谩至诚始
110 >> 怕的哲学
112 >> 探究是一座桥
114 >> 平台
117 >> 一滴水的温暖
119 >> 有价·无价
122 >> 流水不争先
124 >> 仪式感
126 >> 书之四味
131 >> 不要透支别人对你的善意
133 >> 大美有缺
136 >> 与未来同来
138 >> 显影人生
140 >> 吾心为悟

CONTENTS

一个人把所遇的一切当成初见,

会有欢喜心,

从而幸福满满;

把所有的人事当成诀别,

必生怜悯心,

从而更加珍惜。

第四辑 生活有清欢

145 >> 打开生活的另一种方式

148 >> 活着是一种福

150 >> 初见即永诀

154 >> 成事于敬

157 >> 美善无翼自在飞

159 >> 生息有缘

162 >> 一缕执念

165 >> 每个人心中都藏着一枚蛋

173 >> 问号满天飞

179 >> 有一种生活

181 >> 顺路·绕路

184 >> 碗来了

187 >> 电梯是不可调戏的

189 >> 跳一跳,跳入游戏至境

192 >> 米

196 >> 速度与激情

198 >> 回不去了

202 >> 不惑之惑

第一辑

便是好时节

一本书,一杯茶,一个悠然的午后,手捧卷,风敲窗,一室书香一世情,人世安好,时光静美。

江南瓦

（2009年安徽芜湖中考语文试卷现代文阅读）

瓦是江南的帽，楚楚然，如片片暗玉点缀屋上。

来自泥土，历经火炼，是土里长出的硬骨，是火中飞出的凤凰。

一层一层盖在屋顶，似鱼鳞，又像梯田，晴时挡烈日，雨天淌雨水。偏偏不碍风游过，上瓦与下瓦之间有缝，沟瓦与扣瓦之中留隙，这小小的缝隙里，清风流淌，朗月流银。江南屋有风，当数瓦上功。住在这样的青砖瓦屋里，冬暖夏凉，气韵悠扬。

瓦是风雨之中最玄妙的乐器。风在瓦缝中穿行，声如短笛，拖着长长的尾音，是底气充足的美声。雨点落下，清越激昂，如大珠小珠落玉盘。雨越来越大，击瓦之声，与飞流的雨声汇聚成一曲浑厚的交响。

最美要数檐下滴雨了。像是有一根无形的线，把那雨珠串起来，上连着屋檐最边沿的沟瓦，下系在地上一洼清亮的雨水里。风吹来，雨珠飘来荡去，像个顽皮的孩子，尽情地撒欢，恣意地嬉戏。雨珠稀稀落落，那是小雨；雨珠变得密密挤挤，那是雨势明显增大之故。当檐下雨珠落成一条雨线时，雨就大了，很大，很急。

江南风暖瓦生烟。炎夏的阳光，火一般普照，屋瓦之间，丝丝然，飘飘然，升腾一缕轻烟。此烟如梦，亦似花。烟，其实是光影的折射，给瓦平添一抹动感。日影飘然，烟瓦舞动，那是瓦在跳一支奇妙的日光舞。

江南少雪。真的落了雪，瓦就有最柔美的银白曲线，恰似性感女人着一袭素白的丝质旗袍。融雪，是从水声中开始的。屋瓦上的积雪，化了，一滴一滴，一线一线的雪水，便从瓦上飞落下来，屋檐下淅淅沥沥滴水，其声势，可堪比一场中雨了。

岁月催人老，亦使江南瓦落尘泛黑。

天长日久，沙土落在瓦上，叶片烂在瓦间，一层一层，积累着厚厚的光阴故事。偶尔，有种子在风卷下摇落瓦中，抑或在鸟嘴里飘落瓦上，便会长出一丛碧绿的"瓦上草"来。瓦上草是江南古屋的显著性标志，沧桑之间，流转人世的繁华与落寞。

比草更能为江南瓦披绿装的是苔藓，特别是背阴的北边瓦，浓抹淡描，深浅不一。长苔的江南瓦，神似一块暗玉，墨绿，深绿，暗绿，远远地看上去，绿意摇曳，深沉如佛。这种绿，透着深蓝，于是，人们创造出了一个新词：瓦蓝。

江南瓦，没有北方琉璃瓦那种贵族气息，卑微如草芥；更没有琉璃瓦那种流光溢彩，粗励如土坷。但却是人们容身之需，安居之宝。

只是钢筋水泥，一步一步，把江南瓦逼近历史的暗角。真担心不久的将来，人们用狐疑的神情去探寻：什么是瓦呀？什么叫瓦蓝？

那时，谁还会如我般深情地怀念那一片江南瓦？

江南柳

(2011年山东烟台中考语文试卷现代文阅读)

柳是江南的树精,袅娜的枝叶粗拙的皮,有一颗不灭的灵魂。

水美江南,池塘边、清河岸、小溪旁、大湖畔,一株株柳,长成一首首妖娆的诗篇。水滋养柳,柳妆点水,水柳一家亲。柳叶青青,浓绿处,深藏一片独属于自己的海。皲裂的树干,是一副粗鄙的皮囊,在清水的倒影中,映衬出生命的不易与壮丽。树皮的裂口静静地记录一段段无关风月的旅程,厚厚的,累成生命的沉积层。

翠柳报春来。柳枝绽开第一片嫩绿的芽,江南春就如神之画师,在大地上泼绿作画。于是,水丰盈了,山朗润起来,远远近近一派青碧。柳之绿,如火种,引来绿染山河,绿得灿烂,绿得香浓,绿得激越。

依依,是江南春柳派生出来的眷恋之态。《诗经》曰:"昔我往矣,杨柳依依。"一语道尽绵绵情思。缠绕,是江南春柳衍生出的思恋。"桃红柳絮白,照日复随风。"柳絮飞,飞入原野精妙处,飞入寻常百姓家。"梨花淡白柳深青,柳絮飞时花满城。"一城春色一城絮。狂颠的柳絮,点点轻柔的白嫩,让人无处逃避。白绒的絮是柳树的种子，离树飞散去，将生命洒落在远近各处。转身，尽是如此浪漫而快乐的旅行。

　　树无言，风有语。柳枝之繁，灿若满天星辰，密如佳丽青丝，春日清风徐来，沙沙如恋人喁语；夏天朗风飘过，呼呼似累牛喘息；设若暴风袭来，哗哗然像孩童喧闹。清代文学家李渔说："柳贵于垂，不垂则可无柳。柳条贵长，不长则无袅娜之致，徒垂无益也。此树为纳蝉之所，诸鸟亦集。长夏不寂寞，得时闻鼓吹者，是树皆有功，而高柳为最。"年年柳荫浓，岁岁蝉声俏。儿时，爱唱罗大佑的《童年》："池塘边的'柳树'上，知了在声声叫着夏天……"没见过榕树，唱词都被我改成了柳树。村前村后，柳树成荫，枝头鸣蝉此起彼伏，嚷嚷着，一刻也没消停。

　　柳音是江南水边最美妙的旋律，牧童爱闻，浣纱女爱听，游走在柳下的人们皆乐赏。

　　柳树天生一副百变之身，枝丫插地即生，无心无意即成林成荫。农人折枝，是实用主义美学，编个枝帽，扎只柳筐，抑或插枝以期长出更多柳来，随手取用。文人折柳，折的不是枝，是情思。"灞岸晴来送别频，相偎相倚不胜春。""攀条折春色，远寄龙庭前。"古时送别，凄清水边，舟岸两处，不胜挽留的酸楚，离别的悲伤，一任柳枝恣意无声地抒发。

　　蚯蚓那百变金刚之身，断一截，不是生命终结，反而新生一命。柳是植物界的蚯蚓，是江南的树精，灵魂里潜藏着新生因子，便常插常新，生命在断裂与入土的疼痛中一次次复苏。

　　江南柳，不只是"无心插柳柳成荫"的淡然，更有"截"后重生之灿然。那年冬天，打抚河边过，但见枝繁的密柳，齐刷刷被锯伐掉浓密的枝丫，光秃秃一截主杆，让人心生疼惜。孰料，来年春天，一无所有的"枯干"，竟抽枝发芽，又生猛地垂成娇娆的绿姑娘了。

抒发再生的奇迹，吟咏不灭的魂灵，这不正是江南柳吗？由此就不难理解历代文人雅士，如谢道韫、陶渊明、柳宗元、苏轼、欧阳修、左宗棠、蒲松龄、李渔和丰子恺等，会那般钟情于它了。柳之于他们，有不可企及的人生寄托，无以语传的深层意蕴，潜藏一处升华灵魂的秘密通道。

灵魂不灭，生生不息。江南柳啊，你是水边的精灵，迎风亲水，吟咏生命的乐章。

萧萧池塘暮

(2011年武汉中考语文试卷现代文阅读)

最早知道"池塘"二字为何含义，源于一副残对：烟锁池塘柳。在老家陈坊，池塘都叫塘，每一口塘都有一个朗朗上口的名字：锅底塘、门口塘、养鱼塘、莲花塘、青山塘……它就像是村里人共有的孩子，每一声对塘的呼唤，经风吹都能传到塘的耳朵里。水草轻摇，青蛙鸣叫，蜻蜓风舞，燕子贴水，波光荡漾，都是池塘的应答。

和故乡的其他风物一样，池塘是极通人性的，年年岁岁见证着村人的喜忧。

"池塘生春草，园柳变鸣禽。"一阵村风暖，池塘岸边各色水草倒挂而长，一根根亲水而去，犹如一串串清脆玉润的珠帘，将蓄满春水的池塘装饰得如梦如幻。蓄积了一冬的力气，妇女们挽起衣袖，在抽枝长叶的青柳下，浣纱洗衣。池塘中央，开始脱毛的水鸭在和煦的阳光下畅游，荡起层层涟漪。鸭儿不时地"呱呱"乱叫，声音在池塘上空回荡。远处聆听，像是柳树深处发出来似的，訇訇然，如乐一般美妙。"春江水暖鸭先知"，那一声声呱啼，应是报春的讯息吧！

最热闹的要数夜里，无数青蛙齐鸣，叫醒暗夜，那是临产前的阵痛，更是即将身为父母的幸福欢唱。青蛙鸣春，是江南池塘不朽的胜景。

夏日的池塘是孩子们的世界。太阳还在半山腰，孩子们就在池塘里玩耍了。在岸上一个猛扎，静静的池塘便溅起灿烂的水花。孩子们排成队列，挨个儿跳水，珠圆白嫩的颗颗水滴飞入浓密的柳荫里，打得青叶脆响，像是一场急雨。孩子们玩腻了，就在厚厚的泥层里摸螺蛳，在水草里抓鱼。夜幕降临，他们用旧衣服一裹，满载而归。

农人在月满中天时分才收工，钻入池塘，洗去一天的尘与汗，洗去一天的疲劳。人在水里话农桑、谈天气，是再惬意不过的事了。池塘在一拨又一拨人的折腾下，泥沙翻涌，浑黄浊黑。经过一夜的沉淀，一早它又澄澈清冽，一眼就看得见水里的游鱼，厚软的肥泥，以及泥上的走蚌和挪动的螺蛳。池塘静默、博大，容纳故乡人身上所有的灰土污垢，而它自己永远是碧澄如镜。

秋来水瘦，池塘花容失色，只剩寥寥一些残水，像是哭干了眼泪的小妇人的杏眼。但它依然接纳万物，吐故纳新，洁净如初。农人依然来塘里洗澡，一天胜过一天地喊："啊，水好凉呀！"故乡的秋天，在这一声声水凉的叫喊中，悄悄地不为人知地到来。水凉好个秋。

冬天，村里以鱼闹年，以祈年年有余。每到年终，我们村前村后的池塘都要抽放蓄了一年的水。一群人赤足在冰冷的泥中捉鱼，笑声在空旷辽远的上空久久回荡。他们不怕冷，俗话说，鱼头上藏了三点火！见了冒火的鱼，还有谁怕寒冷呢？一筐又一筐的肥鱼小虾壮螺蛳从塘里往岸上挑，笑声随之在岸上塘里一阵一阵炸响。

池塘鲜活了四季，更鲜活在所有子民的记忆里。而今，再寻如此池塘，也许只有在梦里吧！岁月在风里萧萧如秋木，池塘在现代的作用下，萧萧至迟暮。

回到陈坊，池塘触目惊心：锅底塘已被人填平，在上面盖了两层楼房，粗粝的土砖和硬冷的水泥在绿树旁狰狞着；门口塘已被淤泥壅塞，深处没不了8岁小孩,跳水已是不可能了,及至深秋,不用抽放,水就只剩一线了;养鱼塘里没有鱼也没有水,长满肥美杂草,牛可以在上面行走了;莲花塘深居田畈(田地)一侧,早已没有了莲花,还算清澈的残水里,漂浮着各式各样的塑料袋、农药瓶,难以让目光停留半秒;青山塘已不存在,被房子取代了……

我固执地认为,故乡年年难逃的水患与池塘迟暮有关。如果每年有人罱塘(用农具将塘里的淤泥、杂草等清理出来),如果池塘还鲜活,雨水可以蓄积在里面,何以在地上泛滥成灾?池塘消退,洗澡成了村人的难题,干旱已是农田的家常便饭,青蛙不再,垂柳作古,水鸭隐退……

与此一起消失的还有田园牧歌,以及让人无法释怀的古典乡村。

"半亩方塘一鉴开,天光云影共徘徊。问渠那得清如许,为有源头活水来。"下一代再来读这首古诗,必得花半天时间来查阅关于"池塘"的注释。"烟锁池塘柳"的残对,也许真的成了空前绝后、无人能对的绝联了。

今天已没有几个人见过池塘的真面目,不久的将来,池塘可能就只存活于词典里,在纸间寂寞地度过它荒凉的来世今生。池塘渐入迟暮,走上了一条不归路。

除了记忆和梦,我们还能到哪儿与池塘见上一面呢?

江南葛

葛是江南的绿仙子，丛丛青碧团团绿，透着丝丝清凉意。

风柔雨润的江南，绿是一幅写意画，挥毫泼墨间，绿光闪亮。这粗线条的绿，不经意间给画打了底子，是序曲，是前戏，仿佛非要衬出个耀眼的惊奇来不可。果然，江南葛横空跃世，方有绿界浓墨重彩的这一笔。

江南葛是绿的传奇。细嫩的一茎，破土而出，是不断变长的神奇绿绳，像初醒的孩子，伸胳膊蹬腿，在温润的风中舒展筋骨，快乐成长。触须灵巧，伸向四面八方，留下点点绿痕。看似娇柔，攀缘起来却结实有力，走远攀高，行动干净利索。春风为号角，春雨当军令，一夜风雨轻，晓来新葛灿然绿，满山满坡爬遍，沿街绕屋缠满，哪怕缝隙再小，一个猛子扎过去，燃起一线绿火，訇然有声。

江南葛整肃且自然，地瓜型的三片叶，一主二卫呈品字列，婷婷而立，挺挺而长，多而不乱，密而有序，严明如军纪。藤缠藤，叶挤叶，点点碧绿连成线，合成片，像是给大地铺上一块硕大而软实的翠毯；树吊藤，藤绕枝，像蛟龙腾绿海，波涛阵阵，起伏有致。

葛名的由来，有一个汩汩冒清凉的动人传说。话说东晋升平年间，医学养生家葛洪领一众弟子云游四方,修行炼丹,以期长生不老。这天,他们来到茅山,但见奇峰异石,深幽迂回的溶洞,星罗棋布的清泉绿池,是个修炼的好地方。于是,他们扎根抱扑峰,坐而论道,支锅炼丹。八琼(即丹砂、雄黄、雌黄、云母、硫黄、空青、戎盐和消石)在丹炉里炼着,紫烟漫漫,毒气飘散,弟子们有了中毒迹象。用什么办法解丹毒呢?葛洪心疼弟子,忙给他们煎服多种中草药,却不起效,陷入无计可施的绝境。

天无绝人之路。正当他一筹莫展之际,一个梦让他知道大山深处有种野生青藤,能起作用。于是,他访民探山,终于在山坡上发现这种野藤,用木棍撬,用手指抠,小心翼翼,终于掏出钵一般粗大的藤根,用山泉水洗净,背回抱扑峰。葛洪不畏劳神费力,把青藤根切片挤浆,煮熟成糊后,给中毒的弟子喝。糊糊喝下,一股奇异的清凉驱散体内的燥热,弟子很快就痊愈了。

野青藤清凉解毒的消息被人们传开了。这本是无名的野生植物,因葛洪的发现而身价陡增。人们为了纪念他,便给它取了个名字——葛。

清凉江南葛,处处是珍宝。入秋风凉,江南葛藤枯叶落,葛兴又葛谢,正是江南人收获的好时节。葛茎采来编篮做绳,葛纤维织布,做成衣帽鞋袜。自古葛衣属珍品,《韩非子·五蠹》云:"冬日麑裘,夏日葛衣。"纯天然的质地,清清爽爽,凉适舒心。

最妙在葛粉。隐于地下的葛根,被勤劳的人们挖了出来,洗净晒干,研磨成粉,是清凉下火的良品。现代人富贵病不少,葛粉不仅具有传统的清火排毒功效,对降胆固醇,抑制"三高",预防老年痴呆、减肥、美容等均有保健疗效。鉴于此,人们将它与人参相提并论,所谓"北参南葛"是也。

一则趣闻读来颇为清心,让人余意悠然。说是清朝派人去美国考察绿化,见一植物绿得神奇,欣喜万分,建议将之移至中国荒漠地区,那将会带来多美的绿呀。他们有所不知,这神奇植物正是从中国引种的江南葛呢。葛的生命力顽强且旺盛，生长迅速，一经引种则铺天盖地，被称为"吃掉南方的攀缘植物"。数十年后，成了"生物入侵"的典型案例，令人生畏。葛在江南，福泽百姓，而移身美国南方却成灾为大害。风物宜静，不宜动啊。

葛非江南独有，辽宁、山东、甘肃、陕西、河南和河北等北方也有分布，但属绿火般的江南葛最负盛名。江南葛像江南女子一样温婉妩媚，灿然于外，慧然于中，由表及里，清雅无边。江南人爱葛，所以种葛、采葛、吃葛、穿葛，清凉有致，与葛共度美好，和葛一起走向日子的深远处。披清凉于周身，行走舒适更健康；化清凉在嘴边，说话轻柔也甜。

恋恋清凉江南葛。

江南岸

一句"春风又绿江南岸",以绵绵诗意,把岸这一稚拙的江南风物,深深地烙进人们心里。江南文人王安石对"绿"字的斟酌,历来为人颂扬。无心插柳的闲来之笔,不经意间,把江南岸的美名四下里传播了开来。

江南水沛。有水便有岸,诗曰:"淇则有岸。"有岸之水,清泠映天,人来人往,心生留恋意;无岸约束,水就成了灾患,驱人逃离,害人不浅。江南水美,岸功不可没。

或宽或窄的一段,或绿或黄的一圈,或曲或直的一条,江南岸从水边延展开来,将碧绿的柔波,暖暖且软软地拥揽于怀。水的柔情意,衬出江南岸的大胸襟。造字先生把"伟"字和"岸"并连一起,便有羡人的高度,耀人的宽度,神奇且美妙的深度。

唯美江南岸,绿意盎然,草树轻摇,轻轻浅浅的一线,是画家明丽线条的起点,如水雾中沉睡着的五彩梦,又好似记忆里散发着怡人芬芳的黑白片断。

江南岸与水密不可分。水,失魂地飘游,它的名字是汽、雾、霜、雨、冰和雪。游子思归恋家,水漂流在外,大地是它永远的故乡。流水无情,大地有意。大地宽厚的胸怀,接纳回到故里的水。水自涓滴始,在大地上欢蹦乐跳,江南岸一路护送，累积成流，曼妙的身姿在塘溪沼潭里妖娆，在江河湖海里娇媚。

因水而生，依水而活，江南岸唯以依绿染翠相报。绿，是江南岸迎风飘展的经幡，由内而外，净明通透。水草是少不了的普通饰品，生在岸上，倒挂水里，有坚贞的骨血，更具水样柔性肌肤。岸边的树、柳居多，乌桕、苦楝、白杨、皂角和合欢也不少见。树的挺拔，映衬岸的魁伟；树的风姿，增添岸的厚实。

秋冬时节，水瘦下去，江南岸在风中展露嶙峋惨白的骨肉，那是水一点一滴侵蚀的结果。你进三尺，我退一米，江南岸看淡荣辱，自是不会患得患失。岸绿岸黄暗自春。秋冬时节的岸，不畏水的耻笑，春夏之季，不忌水的冲刷，坦然接受水的捧杀与棒杀。

江南岸为水而生，以水为美，和水交缠到白头，不论春秋冬夏，永远不离不弃。多情亦是大丈夫。江南岸超越世俗眼中的魁伟，风情万种，极尽缠绵意。

亲水的江南人，爱恋江南岸。农夫荷锄扛耙牵一头走得四平八稳的水牛来岸边饮水；女子步履轻盈，提篮衣物去岸边浣纱；孩子脱得赤溜精光从岸上一跃入水，过了好半天才在水中央浮出水面，惊飞一群鸭；渔夫和船家驾一叶扁舟在水里穿梭，水上的日子，绵长而味足。

生在江南，对于岸，心有千千结。我家有块田在北港（本地的俗称，即向北流去的河）岸边，年年崩岸，都要毁掉一部分水稻。父亲望着塌陷入水的岸，欲哭无泪，扶锄垒起一条新的田塍。我站在父亲身边，无限伤感地望着坍下去的岸，说："怎么会这样？"父亲向着河水冲着风说："去的只管去吧，留下的总要珍惜。"

就是这条岸，在我青春岁月，引爆对远方的渴望。1993年正月初三，我从此岸出发，背对着家，走向远方。越过河上的一座桥，来到彼岸，沿岸向家的方向折回。披着朝阳去，眼看夕阳西下了，却找不到回家的岸。

——原来，我踏上了此岸彼岸之外的第三条岸。

多年后,我读到巴西作家若昂·吉马朗埃斯·罗萨的后现代主义小说《河的第三条岸》,回想当年的轻狂,不禁莞尔。河的第三条岸,到底是什么?是污浊的世界,还是无忧的天堂?是无法摆脱的不幸,还是不可避免的宿命?关于岸的寓意,延伸开来,有无穷的可能。

江南岸带给我奢华的视觉美感、实在益处,离家多年后,经由罗萨先生开化,又引领我进入自由的思想之境,让我在形而上的王国快乐飞奔。

念念江南,亲亲我那梦中的江南岸。

唧唧堂前燕

春来风暖，故乡的燕子是一把把黑色的剪刀，爽脆地剪去一冬的寒枯，剪来一片大好春光，一个繁花似锦的新时景。

小时候在乡村，见过不少鸟儿，大都说不清它们的名字，只能凭借独特鸣声，认出布谷、斑鸠和燕子这三种。麻雀倒也识的，只因它多，时时处处皆能见其身影，多到大有忽略其存在之意。麻雀无心却也效果良好地提醒人们它的存在。相对燕子而言，故乡的人们是不喜欢麻雀的。它春日害稻种殃秧苗，夏秋与人稻田争食，抢夺穗上金黄谷粒。散落乡间各处的稻草人，主要是防麻雀。吓唬吓唬就行，人们一度将麻雀列为"四害"而无情打击，就有些过了。过与不及，都不好，害人不浅。

秋去春来的燕子，雨前返乡，堂前筑巢，叽叽喳喳，人们亲切地唤作"家燕"。小时候，母亲这样翻译燕鸣的："不要你的油，不要你的盐，只要你家梁上的一个枝！"最为传神是这"枝"，燕叫声声，婉转悠长，不论前曲的长短，也不管内容几何，最后定是以"吱声"作结收尾。

春燕归来时，人们的心情是好的，笑容是足的，梦想大门洞开，开启一年的好愿景。乡民少有人知晓"似曾相识燕归来"之类的诗句，浪漫不归他们，但不妨碍他们放浪形骸于春光里。不懂诗意的他们,在暖融春光中,和春燕一道,用自己手中的锄头,用精耕细作的方式,在大地上吟诗作赋。

燕是所有鸟雀中与人最亲近的,它乌黑通灵,与人睦邻友好。它筑巢于堂前,安家于人居,繁衍子嗣,培育后代,并由此启程前往辽远的南方之南。春来秋去,秋去春来,情牵心系故里,往来不绝,燕子在岁月轮回中,生生不息。

家燕是吉祥鸟,没有谁家不盼它念它喜欢它,哪怕它也会带些烦恼来,比如打燕巢里落下沓沓白稀泥般的燕粪,人们也不会在意,若嫌此有碍观瞻,就会在巢底下安放一小块挡板,一劳永逸地除去烦恼。偶有学飞的或失足的雏燕扑落于地,孩子们喜欢抓来玩耍。大人瞧见,必会呵斥,小心从孩子手里托回小燕儿,爬上楼梯,送它回巢。

小时候,我一堂姐,心喜雏燕,总是在燕妈妈出去觅食的时候,取一燕宝宝捧在手里,用爱怜温柔的目光打量它。估摸燕妈妈快要飞回,又悄悄地将之送回巢。她不嫌烦琐,只贪恋与在手的燕儿那一相视的温柔。

燕鸣晨间,声声甜脆声声暖,呼唤乡村的觉醒,催人勤勉。阳光下,风雨中,燕燕于飞,是乡间宁谧的标志风物。夜来,燕声愈来愈温软,应着远远近近的犬吠、猫叫、鸡啼,和着身边孩子的磨牙、夫妇的呢喃,好一派宁馨乡景。

父亲对燕子情有独钟。购买家庭特大件——自行车的时候,各色牌子都不要,只选"春燕"牌。这部自行车,是我们全家的骄傲,承载着父亲的希望。父亲骑行"春燕",从贫寒出发,引领家庭驶向幸福。一路走来,"春燕"伴着父亲,春燕陪着父亲,不了的燕燕情。

燕去燕又归,那个燕归的春夜,父亲遽然而去。这个原本幸福祥和的家,从此塌了天,陷了地,不复完整。从此,母亲独守偌大的空屋,堂前燕不懂人心事,依旧鸣叫得欢。燕去燕会回,而父亲去后,怎么就不复归来呢?思来想去,潜然泪下。

母亲断断续续来城里和我居住，老屋就空了，大门一锁，家燕有家不能回。

人世间，悲莫悲过有家难回。燕儿们何尝不是如此呢？

樟香满城春

古诗云：人间四月芳菲尽。人间四月天，桃花谢了，一粒粒青嫩细圆的果子满满地缀在枝头；桐花也谢了，叶绿起来，阔起来了，忙趁春日把浓荫备好。就连满天星一样碎红石榴花，也化身累实的果，骄傲地挂在绿叶间。

暮春时节，敢问花繁何处有？或许，只有人工植培的玫瑰、月季和睡莲诸种，红的红，白的白，粉嫩无香，勉强打起精神，延续花灿的尾声，陪炫春天最后的疯狂。

春深芳菲尽时，樟树粉墨登场了。先是一片一片的落叶飘下，在大好春光里，造出凄婉秋景来。一场春雨一场暖，阵阵春风樟叶飘，旧叶落尽新叶出，等到片片枯黄硬脆的叶随风四处飘，枝头嫩绿柔软的新叶，在春雨里沙沙吟诗，迎春风哗哗欢唱。歌诗之后，樟花开出不起眼的淡黄粉黄，香也淡淡，却执着得很，星星点点散发开来，由花蕊而出不走样地追风飘远。远远近近的人们如沐香浴芳，享受难以言说的美妙。

香樟树的香，不仅是树干枝叶间散淡开来的独特气味，亦不是由此提炼而出的樟脑丸的味儿，更为地道的，是樟花的醇厚绵密的馥郁。

一直以为，独特的樟香是樟树蕴含深沉的本源。却不料，樟树也开花，花香浓时，送春归，迎夏至，仿佛是特地为躁动的夏而精心演奏出的浓烈序曲。

樟树是我生活的城市树，再普通不过的绿化树种。这里的人们，再怎么树盲，也认得河边柳和街边樟。正因寻常，随处可见，难免视而不见。每每春深，樟叶飘尽，香溢满城，总被我误认为是他花别树所赐。

暮春的一天，走在香韵袅袅的街头，一对母子有说有笑走在我的前面，像是春天里的一首小诗。

只听见孩子问："妈妈，我闻到了香味，是什么香呀？"

母亲很肯定地说："是花香嘛！"

一听就知道是如我般迟钝于香味的一类。

孩子小手指着香樟树说："我觉得香藏在这树里面。"

妈妈说："怎么可能呢，这是樟树，它的香要提炼成樟脑丸才可能闻到的。"

和我当初的想法一模一样！

孩子有些恼了，说："没有其他的花，怎么会是花香呢？不信你抱我闻闻这樟树吧！"

母亲把孩子抱在手上，和孩子一起闻碎小的黄花。母亲像是突然醒悟过来一样，惊叫："咦，真是樟树的花香啦！"

孩子和母亲放声大笑，把春光都揉搓进来，制成精致礼品，馈赠给风中的香樟树。我也把鼻子凑到樟花里嗅，厚实的香在鼻腔里扑腾开来，不由地醉倒在这无尽的清香里。是孩子的发现，让我知道樟花溢满香。

春深春且尽，樟香溢满城。

浙南行思

1、与雁荡山一个松子壳相遇

江心屿的宿命是寂寞,孤悬瓯江,四顾云水茫茫。

也许是靠海的缘故,隆冬时节,逃离了南昌的湿冷,在这,竟找到小阳春的感觉。20度的温热让人不由分说脱下外套,轻松上阵,渡江登岛。鸟鸣清幽中,风响油水上。离开大部队,漫无目的,踽踽独行,怀揣重重心事,像在寻找前世的因,又像在探求人生的突破口。

"吧嗒"一声,惊醒江心屿的浓绿,也将我散乱的目光,深深地吸引过去。是个松子壳,久违了,儿时熟识的老朋友。鹅蛋一般大小,外表层层叠叠如鱼鳞,似瓦片,整齐划一,军容般的威仪,充满秩序感和规则意识。壳内空空如也。松子们早已经不见踪影,好似吓坏的人的灵魂,出窍,飞走了。它的孤独,无与伦比。在它黝黑的身子骨上,我清晰地看到了自己影子。捡起来,握在手心。苍凉如万里高空袭来的海风,浓抹在大地的每一寸,也轻涂在每一个人的脸上,我的心被封严实了。

下雨了,微丝如雾,这躲雨的松子壳,成了我心灵的港湾。江心屿,松子壳，莫不是对我绝妙的人生暗语，揭示我人生下半场难逃的宿命？这么想来，这就不是一个简单的松子壳了，而是我的灵魂庇护所，迷途的指南针。收妥，带回家。我把它供奉在书桌惹眼处，时时事事提醒自己——你是一个孤独的人。

但丁说："在我们人生旅程的中途，我迷失了方向，离开笔直的道路。醒来发现自己，孤身一人在黑暗的森林里。"（《神曲·地狱篇》）每每与空黑的松子壳对视，总感觉置身黑暗的森林，四周空无一人。

2、逆流

百川东到海，何时复西归？瓯江边等渡轮的时候，导游小菊向东遥指远处的群山，说："山那边就是大海。"大海？温州靠海？我把心里的疑问抛将出来。导游笑答："是的呀。我们温州依山傍海，是山城，也是海滨城市哦。"

温州靠海的事实，恕我孤陋寡闻，以前真的不知道。不知者不怪。怪的是，明明大海在东边，为何浑浊的江水硬要往西边流？莫非东到海的江水，恋家心切，急急慌慌，踏上了西归的路？非也。小菊说是大海涨潮，海水倒灌所致。

原来，一江瓯水逆流而上，并非思念引领，而是情不得已，被迫西归。就像世上每一个逆天的人一样，并非天才驱动，而是逼上梁山。瓯江水被海水逼迫，就创下了逆流而上的奇迹。

水是这样，人亦如此。一个人不逼一下自己，永远都不知道自己到底有多优秀。优秀的瓯江水告诉我们，逼一逼，产生无穷动力，创造无限奇迹。奇迹之外，人们喟叹不已："少壮不努力，老大徒伤悲。"

3、飞渡

灵岩飞渡，说起来挺简单，就是仿照古时候上山采药，在绝壁上攀岩，但如果不到现场去看，永远也体会不到那种拿命来拼生活的危险和艰辛。《雁荡谣》柔美如暖风，温婉似荡悠悠的芦苇，甜糯的曲调，丝丝缕缕，在天柱峰和展旗峰之间，来回穿行。只见一个人从天柱峰顶，脚点绝壁，援缆绳，悬空而下。不多时，走完了270多米高的绝壁，有惊无险，平稳落地。

这人刚下来，两百多米高的钢丝绳上，又走出一汉子，如履平地。钢丝绳连接天柱、展旗双峰，就着十几米的差落，汉子从天柱峰出发，走向展旗峰。那么高，那么危险，想想都吓人，而他还在上面做着飞翔、撒花、翻跟斗等危险动作，我的心不由得提到了嗓子眼。飞渡，古已有之，据说飞渡表演也存续多年，早在1916年就开始了。

高空表演，也是一种生存的方式。相比当年采药，也许更安全一些，收入也高一点，但终究是一种把脑袋别在裤腰带上的危险营生。不是万不得已，谁会轻易涉足？这么想来，古人上山采药真的很伟大。医者仁心，药者慈心。多少采药人坠亡，抑或摔残，才换来药师那举轻若重的一抓。

人在灵岩，心飞思绪，没有谁的生活，轻松如意，悠然安适；没有哪个行业，钱多假期不少，在生活的舞台上，我们都是飞渡者，就像灵岩上的那两个汉子。

4、传

来温州之前，刚看了一本关于昆曲传承的书。对昆曲之倾迷，达到了巅峰。所有的艺术讲究的是传神，昆曲也不例外，但传神之外，它一直存在传承的问题。

任何一门艺术，神韵有了，方能行而致远。在这方面，"百戏之祖"的昆曲神韵悠然，吸引人，越百年风云，流传至今。昆曲之妙，在戏服，于质朴中透着华美；在声腔，余音缭绕，温婉柔顺；在念白，诙谐中寄寓庄肃；在动作，碎步轻摇，于点滴之中挥洒优雅。昆曲之雅，雅在传神。

岁月如大浪淘沙，昆曲的命运好似雨打浮萍，滚滚风尘，一度生死未卜。上海昆曲界曾于20世纪20年代，置办学校，培育新人，艺人皆以"传"命名，辈分不乱，排名有序。经过时代更迭，到了1949年，这批传承人已寥寥无几。艺要传神，更要传承，一环缺失，訇然崩塌。

此行到永嘉，惊见此地古戏台无处不在，心里佩服得紧。偶遇永嘉昆剧团进社区演出，让我大饱耳福和眼福。锣鼓敲起来，音乐响起来，那熟悉的声腔、舞步和念白，让我为之倾迷。永昆吸纳了源于嘉兴的海盐腔，在传承中有所拓展，有韵有味，有意义。

全国八大昆剧院团，永昆以县级的姿态傲立其中，毫不逊色。这，正是传的力量。

5、灵峰夜游

雁荡观山不在山，看峰不在峰，而在意会其形。一峰耸立一峰侍，山峰连绵不绝，像猴似猪若风帆，换个角度看又似某一灵兽，一步一景，移步换景。山形有故事，全在依形会意。正因如此，逛山时，导游最爱说："三分长相，七分想象。"

游山玩水，一般都是在白天。没承想，温州雁荡山的游程里，冷不丁地塞进了一个夜游项目，真是让人大开了眼界。响岭头村不远处灵峰伫立亿万年，就在今晚，趁着夜色与之亲密接触。

夜饭后，步行十几分钟，便进入核心景区。地灯引路，光影斑驳，月光如水倾泻，把高山矮岭铺了一层亮银。导游喋喋不休地附会关于初恋、热恋和黄昏恋的故事。我一笑了之，一个人沉浸在这纯粹的月光里，竟有微醺的眩晕。月影如魅，黑沉如铁，亿万年屹立不倒的群山，在夜的黑和月的明中，寂静无声，引人发旷古之幽情。

我们脚步轻缓，微言轻柔，间或一声的夜鸟啼鸣应和其间，将这亘古不变的幽寂放大，再放大，顿感天地渺小，人更是在这渺渺天地之间浮游的一粒微尘。

白天游大龙湫，感觉中国的山大同小异，连空气的清甜，都是一样的俗不可耐，独此夜行观灵峰，体会到静默群山不一样的妙处。此妙就在宁寂的月光下，那份古老的沉静，像入定的老僧，也像浩渺的宇宙。

6、流纹岩

我站在你面前的时候，你已在这里生长1.28亿年。你是火山孕育的宝贝，烈火焚身只等闲。你的名字，叫流纹岩。浙南温州有一个妙处——雁荡山，正是受你恩泽才有那天下奇秀的美誉。

不经火炼，哪有这般雄伟巍峨，不经冷淬，哪有这般坚硬？你是火里飞出的凤凰，烟尘中挺直腰杆的猛虎，冷却之后亿万年不变形，不走样。你是不羁的兽，上天确定过眼神以后，凤凰静立，猛兽驻足，成了今天这不朽的雕塑。瞬间定格永恒。火山喷发夹杂的气，汩汩冒泡，待冷却便是大小不一的圆溜溜的圆石，镶嵌在流纹岩中，煞是可爱。

岩浆如流水，层层外泄，累积起来，遇冷，成就了今天的雁荡山。是你成全了山，这山也成就了你。因为你，这里有一顶帽子——流纹岩天然博物馆。你完整地收容了流纹质古火山的原貌。

世界因你而惊奇。

7、廊桥无梦

也许是《廊桥遗梦》对我影响太深之故吧，看到"廊桥"二字，立马联想到梦。浙南泰顺县崇山峻岭之间，溪涧清流之上，横卧着三十多座廊桥，阅百年巨变的沧桑，历人世变幻的风云，孤立山间，透着浓烈的古意。我在廊桥上走着，看着，爽心惬意，可惜身边没有爱人陪伴，也没有《廊桥遗梦》里那样，有一个陌生的异性，开启人生的心动瞬间。往大里说，我没有像老房子着火那样走向毁灭的爱情，往深里讲，我的中年，平淡得近乎无趣。

无梦的廊桥，一度让我怀疑人生，好在它的奇妙处，让怀疑转了方向。它究竟是怎么建起来的？大山深处这些编梁木拱廊桥是如何做到千年不倒的？泰顺廊桥外形看起来与石拱桥类似，最妙的是，桥上有廊屋，可歇脚喝茶，可祭神祈福，可吹风吹牛。人上廊桥，身心自由，好似山间清风，流水淙淙。

廊桥不是建起来的，它像一棵树那样，长在山水之间，与周遭融为一体，是溪涧之上动人的彩虹。两岸斜顶木梁，中间横叉木梁，拱在一起是为桥基，再铺设木板为桥面，搭屋为廊，一座廊桥，就算是做好了。除了引桥铺石，整个廊桥居然都是木头，像孩子玩的积木一样。唐宋明清时期建造的廊桥，至今仍在泰顺山水之间，为行人遮风挡雨，通达彼岸。欣喜的是，今人仿旧例，造出古时一样的廊桥来了，造桥工艺永存山间。

回来的路上，看到小溪上，有座迷你型的廊桥，不及一人高，不到一米长，甚是可爱。什么时候，可以携爱人来此走一遭，将这山水之间的奇景，染上爱的色彩，编织一个与爱有关的廊桥梦。

恐怕是痴人说梦罢了。

落日浮桥

江风幽幽，流水潺潺，日落时分，披一身晚霞，走在浮桥上，迎面走来的一个个行人，仿若宋代的清逸之士，让人不知今夕何夕。

看浮桥，须黄昏。最妙不过冬日傍晚，北风劲吹，夕阳西沉，晚霞烧红半边天，残阳如血，浮桥似脉，血脉相依，江桥风日浑然一体。置身其间，在风的作用下，光与影联通古今，桥和水融入魂灵。

浮桥无根基，恰似水中浮萍，身飘如寄。一只船，又一只船，横亘江中，一块木板，又一块木板，将船连成一体。尖尖的船头，平稳的船舱，横着的桥板，竖着的跳板，粗粗的缆绳搭在岸锚上，丝丝钓绳扔在江中，浮桥是浮在水面上的不朽诗行。

浮桥是宋城赣州的奇丽一景，依偎在江水怀抱，越千年，像酒后的诗人，沉醉不醒。赣州人往来其上，从此岸出发，自彼岸折返。浮桥通达两岸，行人和昼夜不息的江水，来来去去，在那幸福的场域里，如花绽放，最后都悄然隐退在时光深处。

我与赣州有不了缘，城外湖边乡，安妥我躁动不安的青春。那两年，苦难如影随形，忧郁亦步亦趋，分分秒秒都是难熬，是赣江清风，拂得头脑清醒，是章贡两水，洗涤灵魂，让我斗志昂扬，调整心态，奔向未来。

那时，一个人仰望慈云塔，穿行宋城墙，拜谒郁孤台，却不曾听说，城内还有古浮桥。进出赣州城，必经西河大桥，每次到桥上，我都会支好租来的单车，凭栏听风，俯瞰脚下滔滔贡江水，遥望四周绵延起伏的群山，顿感自己渺小如沙粒。人依山水间，最宜冥思苦想。那时所想，一一化成通往未来的铺路砖。年轻的心在蓄势，咸咸的汗水在滴落，西河大桥之思，成了奋斗的起点，江风阵阵那是奋发的号角。现在想来，年轻时我没走古浮桥是对的，步履匆匆，踏不出那百转千回的古老韵致。

知道赣州有浮桥的时候，我已离开那里八年多。那时，我在江西电视台工作，透过监视器，看同事拍回来的视频，那依依水上桥，瞬间触燃我心，不禁咯噔一下，灵魂都被唤醒了。原来，赣州还有如此动人的古雅景致。

第一次踏上古浮桥，距离我初临赣州城整整二十四年。浮桥是原址新造，我是故地重游，却已不再年轻，华发早生，心趋保守，走一步看三步，看得江水都发愁。江水浑黄，桥心玲珑，风里传来空灵之声："谁这么心事重重，步履沉沉，何不跳过浮桥，到彼岸去看风景？"一江愁绪里，我用冥想作答："我在慨叹韶华易逝，白发生，还在想那个答应我一起走桥的人今安在？"

西北风飒飒，漫天狂卷一堆愁。贡江水默默，径自北流寻海去。我在浮桥上，江桥无言，江风烈，落日坠，寒意浓，一切都化入古朴之境。

曾几何时，有个人答应陪我游古城赣州，看看那个容蓄了我两年的城，走一走那千年不改芳颜的古桥。约定的那座浮桥仍在，那个约定我犹记在心，而那个人却在时光里，渐行渐远，音容依稀难辨。人生百年，模糊的不仅是往事，更有那一个个曾鲜活在岁月里的人。

念叨着消失在时光中的那个人，在浮桥上缓缓踱步，徘徊复徘徊，不知不觉，我与守桥人不期而遇。那是一个皱纹里藏满故事的老人，笑一笑，笑出多少沧桑来，可堪浮桥的千年风霜。他为浮桥而生，是浮桥不可或缺的一部分。

不禁要问，在生命中，我能遇到几个这样的"守桥人"，不离不弃，甚至将命运打碎，搅拌，然后你中有我，我中有你？不亚于天问。也许，一辈子也找不到满意的答案。

我在赣州小住，推窗即见浮在章江上的南河浮桥。一桥通南北，卧下成通衢，浮起是风景。与浮桥相隔不远，两座现代化大桥贯通，故而浮桥的通行意义早已让位给旅游观光。章江上的南河浮桥，与贡江上的建春门浮桥，亲如恋人，把思念写在水上，用水传情思，淌出一汪古朴的浪漫。

黄昏落日圆，忙完一天的工作，下到浮桥，随意走走，一个偶然的机会，我在浮桥上遇见冬游爱好者。暮色沉沉江水阔，江水如鳞缀身，北风给他打扇子，吹干冷珠，他用围巾裹身护体，熟练地穿衣，看得我心都冷麻了。莫非他是章江男神，站在浮桥上，为这一江一桥代言？

风寒抵不住年轻男女的热情，他们双双坐船头，卿卿我我，低声呢喃，像一首动人的歌。我羡慕赣州的青年男女，有这么一处清幽别致的地方，安放火焰一般的爱情。蓦地，想起宋代安福籍诗人刘弇的诗句来："断送一生憔悴，只消几个黄昏。"（《清平乐·东风依旧》）

刘弇追忆的是自己亡妻，而在浮桥上伫立晚风中的我，念念不忘的是那段永不回头的青春时光，还有那个再也不会回来的人。

"叮咚"一声夕阳坠，浮桥黑寂无声，像极了我此刻的心。

最好的行囊

第一次出国旅游，九岁的女儿执意要带每晚伴她入眠的毛绒兔，任我怎么劝说，都无济于事。只好随她了。我在收拾行李的时候，准备了几本书，女儿见状也来劝阻，说："老爸，旅游好累的，你哪里有精力看书呀？"但我还是习惯性地把它们塞进了旅行箱。

游了一圈，回国，女儿的毛绒兔和我的书，一直都没动过，睡在旅行箱，从家出发，绕了大老远的路，又跟我们回到家。在家里，再次看见它们，不禁哑然失笑。但我相信，下次旅行，行李箱里一定少不了它们的身影。

行走，是人生的基本状态；旅行，是生活的必要内容。

年少时，读作家余华的成名作《十八岁出门远行》，不明深意，中年再读，越发觉得意蕴丰富。几个问题像泉水一样汩汩冒涌——怎样让一个人快速成长？如何认识世界？怎么体验民情？领略世界有何意义？如何看清一个人的真实面目……

最佳答案是，让他出门远行，或者跟他一起旅行。人生就是新旅程叠旧旅程的过程。开启一段新的旅程之前，备好行囊，至关重要。带什么，不带什么，有时糊涂，有时清醒，有时摇摆不定，有时又异常坚定。

经历过多少次出门忘带重要东西，遭遇不必要的尴尬，终于被我总结出一个出门远行，置备行囊的四字口诀：伸手要钱！怎么解释呢？伸（身），是身份证——出国呢，则是护照；手，当然是一刻也离不开的手机；要（钥）则是钥匙；钱，毫无疑问就是钱包，装着现金，或者银行卡。这四样，少了一样，都非常麻烦。

远方是成长的诱惑。人到了一定的年纪，新旅程像万丛花海吸引蜂蝶那样，深深吸引着我们。展开旅程，背起行囊，年轻的旅者最想带的是什么呢？

也许各有喜好而各不相同，但不喜欢带的，却有着惊人的相似，那就是父母的祝福。年轻人就像向往天空的小鸟一样，一心要逃离温暖的家和父母的掌控。临行前，父母的暖心祝福，温馨的嘱咐，只当是无尽的唠叨，嫌烦，当成耳边风，转身就忘在脑后。

旅途漫漫，翻检行囊会发现，总有一样东西，会一直伴随我们走向未知的未来，遥远的远方，那正是我们旅程中，最好的行囊。

大觉山游记

向来对景区的宣传口号有本能的排斥反应，觉得虚头巴脑，太过夸张，要不就虚无缥缈，让人云里雾里，不知所云，要不太过出格，没边没沿，徒惹人笑。唯这一句例外——神山圣水，觉者天堂。

赣东大觉山，这句拔高至仙界的风景描述，在我，像是人间的诚勉谈话，生命的醍醐灌顶。它有这样的逻辑关系：访山，问水，瞬间觉，觉者上天堂。与之相对的：爬山，涉水，不得觉，被俗世裹挟，下了地狱。山水天造化，有情义，等人来。来者，能不能悟，会不会因觉而醒，就靠个人造化。

群峰如故人，不管你知还是不知，山都在那里，水一直为你守候。风雨千年，依青叠翠独自碧，高山流水淌清波。山水有故事，潋滟晴方好，迷蒙镜拂烟，山青映水碧，大彻大悟，终至大觉，山水依偎像一对亲密恋人。

山似猪牙，人称"猪牙山"，湖因高与天齐，被誉为"天湖"，"天湖"配"猪牙"，实为土豆与琼浆为伍，生生不搭，大写的尴尬。大诗人王安石路过此地，实在看不下去，给配了个谐音雅韵：朱崖。从此，猪牙变朱崖，一传近千年。并不是王安石说它朱，要它红，就能红遍中国，朱崖咸鱼翻身，得益于山上那座古寺——大觉寺。

自古以来，寺因山而得名。比如我国最早的汉族僧侣严佛回家乡临淮郡（今江苏淮安），于铁山建寺，名叫铁山寺，至今烟火缭绕。安徽天门寺、浙江天姥寺、镇江金山寺、洛阳灵山寺等等，莫不如此。唯有这大觉山，背道而驰，山因寺而更名，浴火重生，恰似一只历经涅槃一飞冲天的金凤凰。

寺名大觉者，并非此地独有，北京西山、上海金山、江苏宜兴，甚至日本京都都有，但山因寺而得名，实属资溪人独创。

朱崖山上大觉岩，东晋咸和元年（即326年），岩上始建大觉寺，距今1600多年。山岩香火，千年不断。朱崖山一朝更名大觉山，远远近近，闻风而动，游人如织。一山横卧闽赣边，超然度外，久藏深闺无人识，闻香一动惊四方。

凌空俯瞰，江西龙虎山和福建武夷山，妆点东南形胜。两山之间，大觉山静卧千年，寂寂无名。改名之后，一前一后，两大名山，像两个力大无比的好兄弟，生生将它抬上轿，展现在世人面前。待遇如此之高，焉有不火爆之理？

故而，大觉山领跑赣东，率先成为国家5A级风景区。

对于资溪，最早的印象是没有印象。不像广昌有白莲，南丰有蜜橘，临川出才子，我老家东乡人会养猪也会读书，资溪就是一个平淡无奇的山区小县，袖珍型县域，面积小，山地多，人口少，外流多。那里是抚州市的边界，也是江西省的边疆，人一抬脚，就到了福建。

有一年，我堂姐嫁到资溪，发财了，只因跟着堂姐夫开面包店。资溪面包，如今就差那么一步，要与兰州拉面和沙县小吃齐名了。

2000年左右，资溪发现野生华南虎的消息，四下里散播开来。那时，我还是一名小记者，作为新闻同行，自然有与世人不同的价值和品德判断。但不可否认，此一举，借着公认已消失了种群的野生华南虎，资溪进入全国公众的视野。有老虎的山呢！多野。山之野，水之奇，开化之迟晚，大觉山的魅力，令人神往。

当风景日渐成了流水线上的庸常，大觉山因披了一层神秘面纱，备受国人关注。这里的漂流，因为出现过伤亡事故，惊险刺激不言而喻，吸引了一拨又一拨爱漂者，欲漂之而后快。负面新闻反而成了正面宣传，你说意外不意外，惊喜不惊喜？

在我数度登临龙虎山和武夷山后，终得机会，叩问后起之秀的大觉山。上山之前，以为不过寻常一山峰，坐上索道后，群巅之青，山湖之碧，剔透如玉，柔风送爽，山气送惬，涤荡俗尘，给心灵来了一次SPA。

同坐一缆车的上海一游客，见多识广，阅尽天下无数山水，本以为会见怪不怪，却听见她高八度地说："真的蛮灵的嘞！"

我问："此话怎样讲？"

她说："就是棒极了。"

众山捧一水，云天成一色，此情此景，我也情不自禁地用上海话赞叹起来："蛮灵额！"

惊叹之际，拔地而起一座石山，危峰兀立，乍看像虎，细看似人，这不就是旅行指南上所说的大觉者吗？大觉者被誉为"大地之子，元始天尊"，海拔1338米，与诸峰保持一碗热汤的距离，无依无靠，煞是孤独。古往今来，觉者悟者，概莫能外，如野生华南虎，独来独往，寂寂然，独闯山林。下得山来，从索道上再看大觉者，实乃"女王头"扩大版。

2015年盛夏，到台北野柳地质公园游玩，这个伸入海面的岬角，因海蚀风化，造就了海蚀洞沟、蜂窝石、烛状石、豆腐石、蕈状岩、壶穴和溶蚀盘奇特景观。其中一处，因神似"女王头"，成了知名景色"大觉者女王"，隐居大觉山，凝望大觉湖，不胜凉风的娇羞，45度的低头，像是藏着满腹心事，让我心生哀怜，为之心疼。

这让我想起舒婷的《神女峰》，这首作于1981年的朦胧诗，因其神妙而直戳人泪点，广为流传，成了现象级名诗。结尾那名句："与其在悬崖上展览千年，不如在爱人肩头痛哭一晚。"尤为震撼，让人过目难忘。

传说，神女是王母娘娘的第二十三个女儿，"赤帝女（南方天帝）之女，名曰瑶姬，未嫁而死，葬于巫山之阳，精魂依草，实为灵芝"。这个"且为朝云、暮为行雨"的仙女，不食人间烟火，饮露自高洁，孤独伴终生。

高贵如现实中的英国女王，神秘似神话传说中的仙女，若要逃脱情与爱，就算站立千年，又能感动何方神圣？若是与爱人相拥一晚，就算孤独万年，又怎不值得？

想起上山时，上海美女那句"蛮灵的嘞"，上大觉山时还一片混沌，细观大觉者，顿觉通了灵，清醒了过来。

莫非我也大觉了吗？

景区无处不在的那句广告语——神山圣水，觉者天堂。已然入心，安妥如故梦。山不在高，也不在名，在野，山野真有趣。

大觉岩上有神气，气若兰，香馥入魂，气如莲，静幽驻魂，顺此气息，人们过天桥，游天廊，上天台，登天岭，拜天坛，走天街，云天一色，仿佛有路上天堂。天堂入口有扇门，名曰南天门，一步跨过，俗人入天界，幸福滋滋生，悠悠万年长。

站在大觉岩寺，回望连绵起伏的山峰，苍茫如海，仿佛亘古未变之静穆，吃一餐素食，喝一口山泉，若打了个激灵，醒悟过来，那么，你就是觉者，通了灵性。大觉山，让顽劣者开化，令迷糊者自觉，送清醒于一瞬，赐幸福于一生。

尘世多烦恼，不妨大觉山走一遭，万年风石，千年山水，开悟一念间，俗世烦忧全抛开，甘作山间大觉者，一步入天堂。

春 香

没有什么能够阻挡我对香水的痴恋。

爱闻香,与春有关。我那异于常人的嗅觉细胞,之所以如此灵敏,得益于童年时,春风的浇灌,风里飘来五彩香气。都说"闻香识女人",我属于"闻香识春天"。对我来说,春来不是雪花停飞冰融水,也不是和风送暖燕南归,其标志之物只有一个:香。

春来不在冬尽处,寒香阵阵扑鼻来,醉人于无形。梅花点点,暗香浮动,冬未消残,春信已在枝头闹。"凌寒独自开"的梅,香出了春的序曲。寒香一脉打头阵,尘香紧随其后。雨润春尘。干枯了一冬的大地,经春雨润泽,漫天尘土化成泥,天地之间,幽香缠绕,是百香源。

世间香气千万种,原香为尘。春尘化作春泥时,绿染大地。诗人说:"草色遥看近却无。"草香有如此神韵,远闻稀淡,近嗅浓郁,带着脆甜劲儿,让闻者酥麻,直犯春困。我喜欢踏着春雨,闻嗅雨线捎来的青润草香,也喜欢明媚春阳下,蜂蝶振翅扇过来的春香,此香以草之味打底,渲染花之馥,便有迷魂致幻的奇妙效果。

春花香浓,论烈度,油菜花为最。油菜花香,犹如60度以上的烈性酒,闻味醉倒，整个童年，春天都醉倒在那漫天香气里。

冲天香阵透原野，满田尽带黄金甲。油菜花是万花丛中最实用的一种，既输送了益于身体的菜籽油，又顺带提供了油菜花蜜，在网络时代，还为"有才华"拼凑了一个乡野味十足的时尚、劲霸的代名词。最难得的，是那香的烈劲，好似沸腾的水，冒着热气，且叫个不停。

一株也香，满田更香。漫山遍野的油菜花，香出了咄咄逼人之势，隔山隔水不阻香气来，好似千军万马，迎风而来。香之烈，烈在磅礴的气势；香之烈，烈在奔腾的声势。油菜花的气势何来？规模。一片花田，连着一片花田，涌动着金黄的波涛。油菜花的声势何来？蜜蜂。一只小蜂嗡嗡嗡，千万只在田中，飞舞花丛中，羽翼轻薄，却振出雷鸣般的声响。油菜飘香的季节，花香满田园，耳畔仿佛千万只蜜蜂迅飞或悬停，其声震天。

春之香，最喜闻柚花，最怕泡桐花。柚花白，棒棒糖似的一粒，有细长的花托，香气从圆润饱满的花苞里喷涌而出，虚浮在房前屋后，空气里，隐隐的，满是嫩白香气。桐花淡紫，呈喇叭状，饱胀出一股顽强的生命力，其味极冲，就像早年吸过的第一口烟的感觉，闻过之后再不敢亲近。此生，我再没抽过一口烟。被动吸二手烟的时候，也是能躲尽量躲避，但春来香溢，泡桐站成伟岸的美男子，叶未萌，大朵紫花伺机抢先盛开，其味浓烈，让人躲都躲不开，逃也逃不掉。初闻桐花，晕眩不止，久而久之，见桐花样的淡紫色，情难自抑，像要昏死过去。

春之味在城里，樟香打头阵。

樟树四季常青，秋冬临寒，坚韧得像个披绿色盔甲的英勇战士，春夏遇暖，又好似着红衣举白旗的投降士兵，叶红叶脆纷纷坠，溃不成军。落叶如被，铺满街，风吹簌簌响，像是为即将到来的樟香，敲锣打鼓，高奏欢迎曲。

仲春时节，香樟枝头绽出一个个小而尖的叶苞，像尚未启用的新毛笔，风吹树摇,沉睡如婴儿。或一日,叶苞渐次打开,饮风吸露,嫩叶大起来,水润,水灵,到最后,叶苞的尖尖盛开如莲,却暴露出一个小的秘密——粒粒樟花隐藏其间。樟的新叶层层呵护了一个梦,梦醒时分,细细密密,金黄嫩黄的樟花苞,露出天使般的面容,艳阳下,细雨中,绽放开来,呵呵笑春风。

樟花香不够浓烈,须从树底下走过,才能得以一闻。但樟香有韧劲,够执着,具有战士一样的勇敢和自信,香得灿烂,香得持久,且耐焦雨苦风。黄花细,樟香溢,一城香飘,满城春深。

春香妙,最妙不过暮春时节的玉兰。恕我孤陋寡闻,目之所及,没见过白玉兰花,不知它怎么长的。大朵大朵或白或紫的广玉兰,倒是随处可见,遗憾的是,它们艳而无香。

好在我所生活的城,春夏之交都有老妇人和小孩子提着盖纱篮,在红灯亮起时,沿车叫卖:"白玉兰,香玉兰,一块钱两朵。"我逢兰必买,挂在衣扣上,香随人动,飘散至远。放在书桌上,兰香混杂书香,满室香气盈盈,连梦都有此浓郁的味道。

栀子花谢,玉兰花凋,春深春且尽,天气由暖而热,阳光直射下来,透着一股掩盖世上所有气味的霸道,就这样,春的香气,被夏的热气赶走跑了。

恋恋春香,只待来年。春之香是一道流动的暗风景,看不见,摸不着,也触碰不得,但是,每一个爱美之人,恋春之士,莫不心念之,神往之,期待拥香入怀,将春留驻,让美好永存心间。

德安痛

因为有"义门陈",德安县成了南方陈姓人氏心中的"麦加",一生一世,总要去朝圣一次才好。

2009年,故乡陈坊村重修陈氏宗谱,谱局一班人马,披红挂绿,浩浩荡荡开往数百公里外的德安县车桥镇,欢欢喜喜从"义门陈"搬回记录宗族脉络的陈氏宗谱。这成了我无法抹灭的人生记忆之一。

早年间,华人电影导演李安名扬天下,那时便从新闻里得知江西省有个德安县,是李安的故乡。他还有一个哥哥名叫李德,从这兄弟俩的名字,不难看出李安父母恋乡、念祖之深情。

陆续有乡党从德安回来,给我讲"义门陈"的传奇故事,身边也有不少陈姓本家驾车去那里朝拜。我曾两度旅访从德安划出而治的共青城,一度在县郊水土保持生态园夜访故友,都不曾踏进德安城,也仅去车桥镇叩拜"义门陈"。

没想到,第一次到访德安,迎接我的是一场比冬雪还冷的春雨,冷风飕飕,冰雨滴答,好似绝望的哭泣,离人泪。

江湖夜雨,人世坎坷,行走在寂寞的时光里,人事纠缠不清,总能遇到那个怎么也解不开的死结。人到中年,发生那个任凭使出一生气力也解不开的结,竟然与德安有千丝万缕的联系。陈氏麦加之地德安藏着我命定的人生悲咒。

我不怕风寒，也无惧雨冷，恍恍惚惚，直奔德安而来。

从旅游手册上看到县城有座始建于唐朝，清代重修的文华塔，心喜如狂，作为一名古塔爱好者，自然不想错过，亲近之，朝拜之，是莫大幸福。塔之于一城一地的意义，非同一般，以为人尽皆知，却连问数人，都一问三不知，一脸茫然。问询信息发给深交已久的朋友，她第一时间回复说，不太清楚，没什么印象。过了老半天，她又发信息来，说好像小时候去过那，不知道叫文华塔，现在封闭维修，进不去的。

看塔，不是此行的目的，见人才是。文友屡屡盛邀来访，皆因这样那样的原因，不能成行，甚憾。此次突访，让文友有点措手不及，他陪过一拨亲友后，又过来陪我们喝酒，然后，还有下一桌，忙而不乱，应接自如。

文友被酒灌醉了，而我在沾白酒之前，早已被他的热情灌醉。他给我们一行三人送了字，又送茶杯，那高涨的热情让人欣喜，让心甜。他的热情感动了一桌人，只要手不握方向盘的，个个被他灌得七荤八素，散席时，像是踩着棉花走路。

酒是"神来醉"，下酒菜最难忘的当属本地特产矮子板鸭，香而不咸，肥而不腻，闻过，尝过，也是一种沉醉，给人神仙般的享受。

近几年，我胃不舒服，一直不沾浓茶和白酒，时隔数载，破戒，端杯喝白酒，竟然醉得不分东南西北。天旋地转的那一刻，心想，生做不了德安人，死做德安鬼也好啊。

县上的领导介绍，德安是小县，人口不多，名人不少，袁隆平、李安、吕燕（国际超模）……因承接浙江新安江水库移民而兴盛，算得上江西的"深圳"。领导的父亲就是从淳安县移民过来的。

莫名的，恋上这个移民小县。在德安街上走一遭，印象最深的是宁静，静而洁，静而雅，静而庄肃，让我身有依恋，心有皈依。

德安小而精致，十几分钟车程，就能看到葱郁的山，青绿的树，还有笑春风的小花小草。105国道绕城而过，让人吃得停不下筷子的矮子板鸭，生产厂就在路旁，像一道暗旨，静立着，传唤属于它的子民。

我依旨而来，却有人要离开，无形的刀，架在头顶，不离不行，不弃不行。恋而不得不舍，心碎万片，泪千行。

生命中，总有人要来，也有人要走，有生，必有死，来来去去，生生死死，成了浩瀚宇宙的基本运行规律。星辰的诞生与毁灭，宇宙寂然无声，不喜不悲。人来，人会笑，人去，人会哭，悲喜占两头，中间是那沃白一片的庸常人生。

德安赐予我的，是铅一般重的沉思。

来时雨，离开时，春雨初歇冷风停，出得城来，左望，但见荒山之上，孤零零矗立一座古塔，想必就是文华塔吧。没见脚手架，估计修缮工程还未开始，也半天都没找到能够驶入的车道，只好作罢，行个注目礼，别过，也好。

小城无故事，一夜过后，德安城转瞬消失在汽车后视镜里。

一城烟雨如梦，前尘往事如云，后德安时代，我魂不守舍，不知如何是好。

从德安回来的第三天，我腰痛难忍，卧床多日，不见好转。也许，是我在德安的时候，老天举起命运之锤，重重地砸腰，给予惩罚，此痛非比寻常，像心痛一样，注定伴随终生。

守天黑的人

因为老吴在那,广州我去了很多回,每次都是一个人欢欣而去,尽兴而返。此行跟以往大不同,我不再形单影只,出发之际,就有L老师陪同,寂寞火车像是行进在五彩斑斓的春天原野,悦人耳目。旅途多寂寞,有人陪伴才好。

南昌作家R君夫妇,结束广西之旅,马不停蹄赶来广州,与我们会合,我们共同的目的地——广州塔。R君借道广州,转去深圳女儿家,就不想再错过,提前两三个月便在南昌约上我和老吴同游,恰巧我们共同的朋友L老师有事去广州,于是,我们这小小的登塔团,便有了5人的规模。对于早已习惯了一个人旅游的我来说,这近乎是一种奢侈。

2011年,初登广州塔,由广东J期刊集团《孩子》杂志的戴老师陪伴,得知我在老吴那里游玩,便邀请我去爬"小蛮腰"。因为时间仓促,我们登至半腰便匆匆折返,留下了一个小小的遗憾。回来后不久,写了一篇小随笔《小蛮腰》,迄今为止,都未能公开发表,就那样藏掖成一段隐秘的私人记忆。

那次从广州塔下来,与戴老师分别后,文友刘记者便把我接到广州酒家,两人把酒言欢,尽抒兄弟情谊。诗情酒兴渐阑珊,刘记者说:"你们怎么会白天去爬广州塔？那上面要晚上去才好看呢。你知道吗，广州的灯火，从高空看，那才叫美！"

与刘记者结识，源于湖北Z期刊集团组织的那次港澳游。在香港一家珠宝店，我们被"关门打狗"，强迫购物。刘记者适时站出来，替我们出头，对Z期刊集团提出抗议。大伙同心同德，齐声附和，要求结束行程，送我们回广州，逼迫杂志社出面，化解尴尬，并向我们保证以后不再发生类似的不快。

刘记者的古道热肠，侠肝义胆，令我等十分钦佩，这也是第一次见识东北人的豪爽和胆识。后来，得知他妻子是我们江西人，顿感亲近几分，于是便有后来的多次聚首。有年夏天，他甚至坐在我家餐桌上，一个人干掉半打南昌啤酒。

在广州酒家，我们边吃烧鹅边饮酒闲聊，酒酣耳热之际，他留我在广州再多住一晚，好陪我夜登"小蛮腰"，但行程已定，实在没辙。临别，他郑重承诺："下次，我带你上'小蛮腰'看广州夜景。今天不行，太晚了，赶到那里，都关门了。"这句话很受用。什么是兄弟？嘿嘿，我看这就是吧。

再去广州，失落之情难于言表，联系刘记者，要么他在外地采访，要么借故走不开，来不了，后来，干脆就没有任何动静，怎么呼也没反应。再见到他，是在新闻里头，确切地说，是看到他的名字。全国八起新闻行业典型案件批判，他采编的那起名列第三。这是我第一次在新闻里看到自己的熟人，却是如此不堪。看来，他陪我去爬"小蛮腰"，再不可能了。等了这么多年，却等来这么一个结局，令人唏嘘不已。

见到R君夫妇，我们如释重负，真是太好了。老友他乡见，感慨上心头。

入园，登塔，给人的直观感受只有一个字：等。坐电梯，排队，等；拍照，排队，等；观景，排队，等；上卫生间，排队，等；玩跳楼机，排队，等；坐云中摩天轮，排队，等，等，等，等。排不完的队，走不到尽头的Z型队伍，让人等出绝望来，也让人在无奈的等待中培养出耐性和文明来。

人来人往中，我们五人团慢慢挤散了，有组织，无纪律，要凝成一股绳，看来到哪也不容易。哪怕是亲密的朋友一起游玩，讲纪律也这么难。

终于登上广州塔顶——488米观景平台，三三两两的游客，稀稀落落，环顾四周，一览广州小。再也没有一眼望不到头的队伍，再也听不到嘈杂的人声，目之所及皆是南国繁华，耳之所闻尽是呼呼夏风。

猛回头，老吴和L老师正在那里轻声交流着什么，看来，他们还是有蛮强劲的聚合力。讲纪律就是好，好朋友不能散，就应该同行同止同在一起。

此时是8月13日黄昏，正是一年暑热正盛时，但见一个"小广州"带女友凭栏听风，登高望远，怪的是，那个女孩居然套了一小件秋衣。我惊问："怎么还穿这么厚的衣服？"那女孩笑盈盈地说："好凉啊！"这怎么可能呢？这大热时节，鬼天气，人要是没有空调，在热浪里待上片刻都站不稳，十分难熬，怎么还会感觉凉？顶层的风，来自南海，呼呼伴生清凉，舒爽惬意，没有半点凉啊。暗自悲叹，现在的年轻人，太缺乏锻炼了，大热夏天还需要披件御凉衣。

我们三个重新会合，又依次散开，绕圈观景，一遍又一遍，吹了风，拍了照，发过呆，惬爽至极。上得顶来，突然发现一下子少了很多人，喧嚣退去，这个世界，安静得只有风声。

遗憾的是，R君夫妇也没跟上来，本来，此次是来帮他圆登顶梦，他不来，怎么行。我们仨轮番给他打电话，没人接，下面那么吵，也许，他们根本就没听到吧。看来，是等不到他们了。

此时，太阳悬在城市楼群之上，我们已不再需要排队等候，也无心等待R君夫妇，内心只有一个愿望，静静地等天黑。塔顶之上，大风之中，我们成了守天黑的人。

其实，我并不喜欢天黑，打小起，就怕黑。小时候怕黑，怕到夜里不敢单独出门,更不敢一个人走夜路,甚至到了高中,习惯了县城的灯火辉煌,回到乡村的家,晚上起夜也会心慌慌。而今,一反常态,我以欣喜之情急切地希望天快点黑下来,好让城市霓虹有个可以安心绽放的背景板。

像是故意跟我们作对似的,太阳犹犹豫豫往下坠,看上去竟然纹丝不动,高高地悬在群楼之上。风不停地吹,吹凉了夏热,吹凉了城市,看西下的残阳似乎也带着一股子纯正的冰淇淋味道。

仿佛等了很久,终于盼来一盏灯亮,陆陆续续,有灯亮,每一片灯火的闪亮,都会引来一阵惊叹,就在这一拨又一拨的惊叹声中,太阳落山了。夜幕降临,远远近近的霓虹灯如星星一般点缀大地之上,珠江上的夜游船像缓缓划过天际的彗星,成了我们瞩目的焦点。

我们不停地绕圈,360度无死角俯视广州城,五彩炫目的灯光看久了,竟也产生疲劳。

我问老吴:"好看吗?"

老吴说:"挺好看的,来广州几十年,从没这样看过夜景。"

我问L老师:"好不好看?"

L老师说:"太美了,我要发朋友圈。"

而我却意兴阑珊,莫非凉风把我的兴致也吹凉后,带走了?

早在几年前,广州刘记者就提醒我登"小蛮腰"看夜景后,我就一直期待这一天快点到来。终于等到这一天,守着天黑看夜景,却发现找不出一个合适的词来形容它。尽管心里做足了准备,拉长了期待,但终究没能掀起内心的狂涛巨澜。

这么想着,我竟然感觉到一些冷意,不是心冷,而是身体的真实感受,赶紧绕到背风的北边,把老吴和L老师留在风口,独自在无风处席地而坐,回暖凉身。再不敢质疑"小广州"的女友了,转而佩服起她来,经验足,有备而来登塔，带着外套，装备齐全来赏景。

等天黑，等来八月寒，太不可思议了。

起身时，我发现488观景标志，创下吉尼斯世界纪录——世界最高室内摄影观景平台。大家都忙着看夜景，无一例外都忽略墙壁上这一处世界级风景。这与我守天黑，却守到夏日寒一样，都是令不可思议的事。

人生有意思，多半赖这"不可思议"来打底吧，以明丽一生的心境。

一般来说，人们大都喜欢披星戴月追赶太阳观日出，而我和我的朋友逆潮流而动，成了一小众守天黑的人，只为一观南国瑰丽夜景。

这个世界很近

躺在曼谷明艳的晨光里,被鸟鸣唤醒,睁眼的那一刻,怀疑自己身处故乡小村陈坊。南朝王籍诗云:"蝉噪林逾静,鸟鸣山更幽。"身居曼谷繁华的闹市区,竟有此等幽静,像一根细线,拉近了我与故乡的距离。

那一声声鸟啼,与陈坊山林某只我至今仍说不出名儿来的小雀声线毫无差别。近年回乡,此音都很难听到,不经意间,却在异国他乡撞入耳膜,唤醒儿时记忆,逗引出一股浓浓的思乡情。

醒了。

知道自己昨夜不在陈坊沉睡,而是在曼谷安寝,便竖起耳朵,屏息静听,才知道鸟叫并非来自心间的幻音,声源实实在在,就在窗外,或长或短,抑扬顿挫,像是在礼赞东南亚迷人的夏日晨曦。

推窗遥望,一只乌溜溜的小鸟从高大的棕榈树上飞走了,留下一道黑影,让我久久为之怔忡。莫非陈坊的小鸟知道我要远足,闻声而动,不远千里,跟我南飞至此?不可能。怎么可能呢?只能说,这个世界很近。

从曼谷往东南再走300多里,有一处世界著名的海景度假胜地——芭提雅。

海风吹来咸湿的味道,这里与中国江南的风致截然不同,阳光通透,仿佛光粒子有重量似的,打在脸上生疼。此一行,去国甚远,渺渺千里无穷极,目之所及皆陌生。

不经意间,一条狗闯入视野。女儿尖叫:"狗,有狗。"见到狗,女儿又喜又怕,喜欢狗狗的萌,但又怕狗咬。只有确保绝对安全,她才会任欢喜之情洋溢于言表。芭提雅的狗没被拴住,也没主人在身侧,女儿怯怯,隐退在我身后。

我安慰道:"不怕,这就是土狗,不会咬人的。"

女儿知道土狗是什么意思,惊叫:"中华田园犬?怎么可能,这可是在泰国呢!"

我在心里嘀咕:"是啊,芭提雅怎么会有中国的土狗呢?"

越往深处走,中华田园犬的身影越多,让人不禁怀疑——这哪里像是出了国呀?看看周遭的海景,听听身边的泰语,又不得不信,这里是泰国,在他们眼里我们是一伙外国人。莫非中华田园犬不畏路遥,南行远?应不是。也许,这个世界,真的很近。

小时候在课文里读到"春天来了,燕子从遥远的南方飞回来了。"总是疑惑问不解,那个遥远的南方,到底在哪?我们身处江南,已然是南方了吧,怎么那精灵般的燕子也是冬去春归吗?比南方更南,是遥远的东南亚一带。

在燕子眼里,中国是家园,东南亚诸国也是故土,羽翼之下距离短。对它来说,这个世界,其实很近。

世界并不远,只要你出发,就触手可及。远的,有时候往往就是身边人,尺咫之近,仿若相隔天涯。

  我想,如果人与人之间,像那无名鸟、中华田园犬和燕子那样,世界都为之缩短距离,近在眼前,那么,沟通是不是会更顺畅一些,矛盾会不会更少一点?

  这个世界,真的很近,何必把人心搞得那么遥远?

一树一树春花开

　　一夜之间，小区里的山茶花全开放了，红红的花瓣在绿叶丛中，或隐或现，惊艳人眼。与此同时，高高低低的矮树丛里，也满枝满桠地绽放碎碎的春花，或淡红或暗紫或嫩白——都是我所辨认不出名儿的精致如甜点一般的灌木。有春花绽放的时节，才真切地感受到春光明媚，春意融融，美从眼睛流入，在心湖里打着旋儿，久久难消。我惊疑：仿佛是商量过一般，一树一树春花开。

　　昨日黄昏，风消雨歇，五彩晚霞，斑斓一片，挨着花树路过，叶旁的花蕾仍是愁眉紧锁，没有春日的动静，仿佛树忘了花事，花忘了时辰。都是那么能沉住气，不急不躁，春光日融，也乱不了心啊。

　　是啊，春日有险恶呢，不是说，春天孩儿脸说变就变吗？若是急急地开花，那花儿谢则更急遽，徒望春光明媚，花落新泥遍地红。选择最适宜绽放美丽的日子，是花儿最上紧的事。倒春寒会让过早开放的花瓣儿受冻伤之苦，不期而至的春雪将会让花蕊冷呛得咳嗽……让美丽武装自己，但要拒绝受伤害，这是花的智慧。

　　桃花春风扑人面，满树满树的"红云白雪"，招蜂引蝶，妆点春风春雨。曾含苞待放多时，曾迟疑等待多日，恰好一阵暖风吹过，满树挂彩满树香。古人云：忽如一夜春风来，千树万树梨花开。花开赶时节，只待风暖不再寒。

而人呢，偏偏操之过急，"有花堪折直须折，莫待无花空折枝"，凭什么一定要摘取艳丽于枝头的鲜花呢？等花事将尽，看"花谢花飞花满天"不也是一种壮观，一种瑰丽吗？花红，是因为内在的喜悦，而我们脸红，会是因为心里的羞怯与慌乱吗？

苦择天日的春花，期待欣赏的目光，期待赞美的话语，唯有如此，才不枉绽放一场，满载智慧走一回。是的，花开躲寒冷，花盛报天候，不是智慧吗？生存的智慧，美的哲学。

释放美丽，不伤害自己，这是春花的处世哲学。反观我们，是不是都如此了呢？为了所谓的苗条身段，牺牲身体的快乐；为了打好所谓的基础更快更好地摘取明日胜利的果实，舍弃无忧无虑的童年；为了一饱口欲的美食，无情地残害身边珍稀动植物；为了多赚几个钱过上好日子，不惜破坏生存环境，污水四溢，废气横行，让田园牧歌永远消失……美丽人生，建立在伤害自身的基础之上，何苦呢？

一树一树春花开，美在春风中，更美在自己的笑容里啊。在春花的笑声中，我们听见了什么，又能想见什么呢？

第二辑

人间岁月长

一切都会过去,苦不尽,甘也会来,因为苦里也有甜,苦中能作乐。就像世上再悲苦的往事,总有一天,你会笑着说出来。

雨夜的灯光

（2014年沈阳市中考语文试题阅读理解）

八岁那年，我跟着父亲赶集卖黄豆。黄豆并不好卖，直到下午，父亲才卖出去十几斤。开始散集了，集市上的人少了许多。天边的云越来越多，间或还会响起一记惊雷。我扯着父亲的衣角，催促道："爸，快要下雨了，我们赶紧回家吧！"雨落下来，父亲把蛇皮袋扎好，架上自行车，带我到一个屋檐下避雨。我们俩眼巴巴地看着大雨倾盆而下，不知何时才能回家。

夜幕降临，风停雨歇，空气里都是湿透的泥土味。一脚踩在地上，泥水直往裤脚里倒灌。父亲坚定地喊了一声："回家！"他把我放在自行车横梁上，骑着自行车，摸黑往家赶。走出去大约十里地，路两旁已很难见到灯光，耳朵里除了夜鸟的叫声就只剩风声了。山道经雨一淋，红土变成黏泥。父亲累得气喘吁吁，再怎么用力，行进起来也是慢如蜗牛。父亲把我从车上抱了下来，让我帮着推车。

一路跌跌撞撞，我们来到了一个让人胆战心惊的三岔路口。这附近遍地坟场，林间的猫头鹰像孩子哭似的鸣叫着，吓得我几乎丢了魂。我赶紧抓牢父亲的衣襟，带着哭腔说："爸，我怕……""别怕，跟着我走！只是鸟叫，有什么可怕的！"父亲抓住我的手，安慰着。不知什么时候，我们前方亮起一盏马灯，暖暖的，亮亮的，像是升在林间空中的一轮明月。"你们去哪儿呀？"光亮后面的人影问。"陈坊。"父亲应声答道。

"你儿子多大了？"那人又问。

"八岁。"

"我送送你们吧！"

两人一问一答，把寂静的夜衬得更加寂静。一路上，那人和我们讲起他儿子的故事。

那年，他儿子也是八岁，一次突然高烧不退，他和孩子的妈妈连夜送儿子去山下的医疗站。因为走得急，忘了带马灯。那天夜里也下了一场大雨，道路泥泞难行。一家人摸黑赶路的时候，不小心跌倒在沟边的岩石上，儿子竟被摔坏了头，至今反应还很迟钝。

"我不希望再有人在这条山道上摔倒。一到雨夜，没什么事，我就打着马灯出来看看，好让路过的人能看清前面的路。这条路上满是泥巴，路边沟沟坎坎全是硬硬的岩石，要是摔倒了，可真危险啊！"他边走边说。

走了大约五里山路，我的双脚实在酸痛得不行了，就向父亲直嚷嚷："爸，我脚疼，走不动了！"父亲一边吃力地推车，一边安慰我说："就快到了！"那人二话没说，竟半蹲着让我趴到他背上。他直起腰的时候，对我说："我儿子，当时也是你这么大！"然后，一路背着我走。

黑夜里，我定定地看着马灯前面那一缕温暖的灯光，把淡红的软泥照得亮亮堂堂，而他一脚踩下去，温暖的灯光里便飞溅起一串红泥来。夜风吹起，让人顿感一阵凉意，我紧紧地贴在他的背上，感受到他后背的温热，心里也热乎乎的。

走出山林，父亲向打马灯的男人道谢。这时，我才看清了他的脸：黑黑的眉毛，浓浓的胡须，一双深邃的眼睛，仿佛流尽了泪……多少年过去了，那一路的灯光总让我感到那样地温暖，那样地难以忘怀。

母亲送鸽

美国和伊拉克关系紧张那会,我正酝酿着自参加工作以来的第一次搬家。单身宿舍的苦乐,我早已受够了,改善居住环境,成了迫在眉睫的事。于是,我在西郊一个老宿舍区,租下了一套二居室的房子。

自从离开母亲来城里工作,我就觉得欠母亲太多,她一大把年纪,一个人在乡下生活,多不容易啊。房子租下后,我赶紧打电话给母亲,报告了这一消息,并答应等搬好了,就接她过来,和我一块儿住。

电话那头,母亲在婉拒,她说:"还是等你处了对象吧!我来了,又不能做什么事,只会给你添麻烦。等有孙子了,我就过来带孙子。"任我怎么劝,母亲硬是不愿来。这样的结果,虽在意料之中,但我还是吃了一惊。我想,天底下再也找不到这么无私的爱了。

没过几天,美国向伊拉克发动军事打击,战争爆发了!我和同事们一起,利用电视台的工作之便,一边干活,一边收看中央电视台国际频道的节目,密切关注伊拉克战争。

不久,美国地面部队进入伊拉克境内,这场战争掀起了新一轮高潮。我坐在电视机前,心中一凛:这仗越打越大了!同事纷纷发表看法,办公室里气氛十分活跃。这时,我接到一楼传达室打来的电话。门卫说:"是陈志宏吗?我这儿有个乡下妇女提着一只鸽子,说是要找你!"放下电话,我怎么也想不通,哪个乡下妇女会来找我,最近没去乡下采访过啊。到楼下,我看见又惊又喜的母亲,手里提着一只小小的鸽笼,笼里关着一只我们乡下很少看到的白鸽。在我们那儿,养鸽户都饲养灰鸽,白鸽非常稀罕。

母亲说:"听村里人说打仗了,我就赶过来了,还是跟妈回去吧,乡下更安全。"

我差点没笑出声来,我对母亲说:"我们这儿没打仗呀!"

母亲严肃地说:"没打仗,你们这门口站着当兵的干什么,还拿着枪?"

看来,我得费点儿工夫,仔细解释一番了。我说:"妈,电视台(卫视)属重要部门,所以就设有武警站岗,不过,这和打仗没任何关系。打仗是外国人的事,离我们这儿远着呢,差十万八千里。"

母亲松了一口气,说:"没打仗就好,不过这只鸽子你还是留着吧!我听前村的后生说,打起仗来这种白色的鸽子会保护人的。为了买这只白鸽,我问了好多人,走了好多地方。"这一回,我无论如何也笑不出声来。

美伊战争还在继续,我不知道,如果布什和萨达姆知道一个中国乡下妇女不畏来路迢迢,风雨兼程,只为给儿子送一只白鸽的故事后,会有什么反应?也许,世界上每一个母亲心中都有一只白鸽,一旦打起仗来,就会不远万里送给自己的儿女。每一场战争的爆发,都有千万个理由,然而,每一个母亲为儿女送白鸽,只有一个理由,那就是爱。

在带母亲回新家的路上,我打开鸽笼,放飞了那只漂亮的白鸽,同时放飞的,还有一个普通的中国农村妇女祈祷世界和平的心愿。

父亲就是打破神话的那个人

他五岁的时候,不幸患了小儿麻痹症。乡卫生院的医生对他的父亲说:"你就别浪费钱了,到县买个好点的轮椅吧。他这一生肯定要在轮椅上度过。"他的父亲沉默良久,吸完了一袋烟,背起儿子一个劲儿地往县城赶。县医院的医生把话说绝了:"你就是把儿子背到北京去治,也站立不起来。"

12岁那年,他坐着轮椅,去学校上学,端端正正地坐在小学一年级的教室里。他的成绩不算好,但音乐老师喜欢他,夸他乐感好,嗓音也不错。夸过之后,音乐老师又无奈地摇摇头自语道:"一个残疾人,要想唱歌,难啊!"

一天,他对父亲说:"爸,李老师说我的歌唱得好。我想唱歌!"在村里,健康的小孩都不敢抱有唱歌、跳舞这类学艺术的念头,他的这一想法一时被传为笑谈。村里的人众口一词:"他想当歌星?讲神话哟!"只有他的父亲把他的想法当一回事,认真地说:"儿子,只要你有这个想法,我就一定要让你成为一名歌星!"他的父亲把他背出了山村,背上了火车,直奔省城。他看见了山外精彩的世界,抑制不住内心的激动,在父亲的背上一路高歌。

当这对父子俩站在师范大学音乐系主任家门口的时候,城市已是万家灯火,美味的饭菜香冲进他们鼻子,一整天没吃东西的他们越发感到饥肠辘辘。系主任把门打开，他父亲立即跪了下去，央求道："主任，我儿子有音乐天赋，求你收下他吧！"

系主任惊讶地问："谁说你儿子有音乐天赋？"

他父亲说："我们村小李老师说的。"

系主任骂道："神经病。"

他们离开了师范大学，茫然地行走在陌生的城市。他俩走了很多地方，敲了很多门，都被人冷冷地拒在了门外。他的父亲依然没灰心，背起儿子又踏上了新的求学之路。他们的真诚和执着终于打动了一所民办高校的艺术系主任。他成了音乐班免费的特招生。

经过一年的正规训练，原本资质不算好的他在学校赢得了"歌王"的美誉。他翻唱郑智化的《水手》曾让无数观众为之动容。离开学校后，他对父亲说："我要去北京唱歌！"他父亲二话没说，把他背到了北京。他挂着拐跑场子，歌唱着美好的生活。

几年过去了，他成了业内颇受欢迎的"地下歌星"，凭借自己的努力，在北京买了房子，把山村里的家人全接到了首都。他的父亲却因过度劳累，离开了人世。那一年，他24岁，他父亲57岁。

父亲的背是他实现梦想的人生航船，父亲的意志是他实现梦想的人生航标。父亲给他温暖，给他力量，给他自信，给他实现人生价值的阶梯！

父亲就是打破神话的那个人！

墙上的母爱

跳槽到报社做记者以后,我又新租了一间房子。当房东打开房门的时候,满墙的涂鸦之作以逼人的气势进入我的视野。

我惊问:"这墙怎么涂得这么吓人?"

房东说:"我也没办法。这样吧,你找几个民工用石灰浆涂抹一下,我免你一个月的房租。"

这是一个很划算的买卖,我立刻点头答应。大概一个星期后,我叫来两个民工刷墙。还没开工,一个女人把民工师傅拦住,双手坚定地比画着,嘴里咿咿呀呀地叫。她是个哑巴。我跟她解释:"这房子是我租的,墙上太脏了,刷干净点好看一些。"女人横在那里,毫不退缩。我没有办法,只好叫房东来解围。

房东说:"小陈,她以前就租住在这儿,这些东西是她画的。她肯定是舍不得把这些乱七八糟的东西刷掉。她很蛮横,你还是让着她吧。"

我让民工师傅先回去,把女人留下来,和她笔谈。渐渐地,我明白了女人凄苦的身世,以及她对女儿深深的思念。女人怀孕的时候,丈夫在一场车祸中丧生。多少亲戚朋友劝她流产,再寻别的男人,但她怎么也听不进去,固执地要把孩子生下来。就在女人临产前夕,丈夫单位要收回房子,将她扫地出门。她强忍着不适,租下了这间小房子。不久以后，她在这间出租屋里生下了一个女孩。女人没有生活来源就沿街捡破烂，靠那点可怜的收入养家糊口，女人倾注了全部心血在女儿身上，教她识字看画，教她唱歌跳舞。小女儿变得天真活泼，人见人爱。

女儿三岁那年，女人生了一场大病。医好之后，她成了哑巴，与人交流只有通过纸和笔了。为了女儿的前程，女人把她送给别人，自己一个人过孤独的日子。女人隔三岔五就去幼儿园看女儿。女儿学了"a、o、e"之类的拼音，回来就在墙上写上"a、o、e"等；女儿学了一首儿歌，她回来之后，就在墙上写下儿歌的名字。没过几年，四面墙被涂抹得满满当当。刚开始，房东叫她不要在墙上乱画，但听到她咿咿呀呀的叫唤之中透着凄苦的苍凉，便由她去了。

突然有一天，女人边抹眼泪边进屋，关上门后，整整哭了一宿。从此以后，再也没有在墙上写下一个字。房东猜想，她女儿可能是随养父母迁走了，也可能是女儿不认这个哑巴母亲。在我租这间屋之前，女人在这整整租住了15年。

听到女人的这个故事，我的心莫名地有些感伤，那浓浓的人间温情触到我心灵最深处，久久让我感动。我对女人说："这墙我不会涂的，你什么时候想看它，就来看它好了。"女人走后，我从采访包里取出照相机，把墙上那密密麻麻的字全拍了下来，准备把照片作为礼物送给她。我觉得作为母亲，她确实不容易。

第二天，我接到异地任务，离开了这座城市。一个星期后，我结束采访，回到租住屋里，不禁大吃一惊，字墙没了，取而代之的是光洁照人的瓷面！房东告诉我，我走后，一个娇艳的女子叫人把字墙给弄掉了。望着四面白墙，我突然感到空落落的，像是丢失了一件心爱的宝贝。

现在，我唯一能做好的就是把字墙的照片冲洗好，这成了我的一种神圣的使命。照片洗好了，我等待哑女的出现。可惜，很长时间过去了，她一直都没有踪影。不知她到哪儿去了。

撤诉的女人

这是我从一个律师朋友那儿听来的故事。

一个女人与丈夫共苦多年，一朝变富，丈夫便不想与她同甘了。他坚决提出离婚，并且带走他们唯一的儿子。女人快40岁了，是个不容易再婚的年纪，当然不答应，想方设法修复已经破碎的婚姻。她失败了，和丈夫离了婚。

为了要回孩子的抚养权，女人决定与前夫打一场夺子官司。准备材料起诉，是她唯一的选择，让儿子跟自己，是她唯一的渴望。女人请了我的朋友去做辩护律师，抛出自己的底线：只要儿子判给自己，其他什么都可以不要。女人在朋友的指导下，做好了充分的应诉准备，有九成的把握能赢。

开庭那天，她丈夫提出女人的身体状况差，不宜带小孩，并拿出了她以前的住院病历作证。女人当庭出示了开庭前几天由某大医院做的体检结果，轻松驳倒了丈夫。丈夫提出女人欠巨额外债，没有经济能力抚养儿子。女人出示了丈夫转移财产，转嫁债务的商务函件，又一次驳回了丈夫无理的指控。

激烈的唇枪舌剑，拉锯式的辩论，女人一直占上风。丈夫见势不妙，使出最后的撒手锏：女人是全职太太，待在家里很苦闷，经常打骂孩子，对他心灵造成巨大伤害。儿子不愿和她生活，只想跟我在一起。

审判长传唤他们的儿子出庭作证，法警正要向证人室请她儿子出庭的时候，女人的脸由红变白，又由白变紫，忽然，嚯地站起来，大声宣布："审判长、审判员，我——撤诉！"女人掩面大哭，跑出了法庭，留下惊愕的丈夫愣愣地坐在那里，显然，他被前妻莫名其妙的举动弄傻了。为她辩护的我的朋友也惊呆了，不明白她究竟中了什么邪。

事后，我的朋友找到女人询问："你真的一直在虐待你的儿子吗？"女人无力地摇摇头："我爱我的孩子，怎么可能虐待他？"朋友惊诧了："那你怎么不反驳你前夫，从法律层面上讲，轻而易举就能驳倒他。你为什么要放弃？"

女人说："我孩子胆小，一旦出庭作伪证，必将留下巨大的心灵伤疤。我怎么忍心……"她以泪代语。所有的说词，在女人那母性的哭泣中都显得那么苍白，那么虚伪。

朋友感到深深的震撼，当我听完朋友的讲述之后，我同样感到无比的震撼。天下只有母亲才会做出如此自残自伤的选择，只有母亲才会不顾一切地去护佑自己的孩子。

爱的扑满

钱这东西,一旦沾上手,就没有人能放下来。谁会觉得自己手上钱多,哪个不嫌自家钱少?如果有一天,坦然放下钱,那人不是成了仙,就是做了母亲。

马云在央视《开讲啦》节目中曾说过:"我从来没有碰过钱,我对钱没有兴趣。"这马云一反常态,坦然无碍地放下了钱财,他不再是凡夫俗子,而是神马。钱财在他眼里,都是浮云。

和马云不一样,天下母亲其实对钱还是挺感兴趣的,每天免不了都要碰钱,但是,到了关键时刻,她们也和马云一样,毅然舍钱弃财,抵达像神马那样"对钱没有兴趣"的超凡境界。在母亲眼里,钱已失其原形,化身为一个隐秘的扑满。母亲倾一生之力,将之储满,最期待的却是被碎裂的那一刻。

1988年,我到乡里上初中,因为寄宿,家里开销陡然增大。那时起,母亲开始了漫长而艰辛的倒卖活动,从这个集市收买鸡蛋,存在家里,转天提到另一个墟镇上去贩卖。每个来回,走几十里路,挣一二分钱的差价,倒腾一次,也就挣个两块钱。

周日下午,我去学校之前,母亲都会偷偷地塞给我几个五分两分的硬币,好让我多买点吃的。气人的是,那时乡镇商品经济很不发达,除了赶集的日子,有钱也买不了吃的。所以，母亲给我的钱，都被我偷偷地放进一个木盒子，藏在床底下。秋来风爽，我喜欢搬个小凳子，坐在耳门口，一枚一枚数我的硬币，仿佛农民在盘点一季的收获。

一晃过了20年，又是秋天，不期然，又看到了当年的硬币。

那些年，母亲老是头疼头晕。2008年8月底，妹妹带她去县医院就诊，经CT检查，发现脑子里长了个瘤子。我把母亲接来南昌做手术，手术费成了大难题。暑假的时候，我倾尽所有，还清房贷，早已捉襟见肘。母亲知晓实情，死活不去住院，所有亲友都来劝，直到乐安县的大表哥给我打来几万块钱，老人家才勉强答应。

入院的前一天晚上，母亲掏出一个布袋，打开，满含希望地说："这是你上初中的时候，攒的零钱，你看看，能不能换成大钱？听他们说，1982年的两分钱，一个能换一百块钱。这18个全是82年的。"

打开一看，全是一分两分五分的硬币，数了数，有五十多元，明明记得，我当时才存了五块多。可见，当年，母亲一点一点，还往里面，存放了不少硬币呢。而那些所谓能换大钱的82年制的两分硬币，问过很多银行的朋友，他们都反驳我说换大钱的说法纯属子虚乌有。

如果那个包布是扑满，那么，打开布包的时候，就像是扑满碎裂一地，其声如磬，宛如天籁。

1998年冬天，村里有个老人去世，葬礼上，我惊见一个大男人——老人的大儿子奇怪地哭，就是哭里含笑，笑中带哭，且又不是哭笑不得，惊骇得我如同从噩梦中醒来。多年以后，我才明白，极致的悲，不是哭断肠，而是哭出了笑声，就像他那骇人的哭。

老人守寡多年，把三儿四女拉扯大，到老，身体累垮了。儿女几个送她到医院，因为付不出那几百块钱医药费，黯然回到村里，等死。八九十年代，在我们乡下，"小病拖，大病挨，大不了，打坑埋"之类的顺口溜大行其道，每个患病的村民，都喜欢在嘴里念叨。但那个老人，真的不是什么要紧的病，医生说住院做个手术，也就几百块钱，不治，活不到过年。

实话说，几百块钱，在那个时候，确实不是一个小数字，但东拼西凑，总还是有办法的。老人断然阻拦了儿子借钱，一个人回到村里，静静地等待那一刻的到来。她说的"那一刻"，是上招谷山（我们村的坟山），和丈夫团聚。

离过年不远，那个风寒雨冷夜，老人离开了人世。弥留之际，她让大儿子从床底下，挖出一个土钵来，从中掏出21枚银圆，平均分给了七个儿女。老人落气的时候，儿女几个齐刷刷地失声痛哭，唯有大儿子哭出了笑声。有人说，他是气疯了，妈妈竟然把财宝分给了女儿——在乡下，嫁出去的女儿是没有财产继承权的。

此后不久，他告诉我，早知母亲藏有银圆，他一定会借钱把母亲的病治好。家中长子，顶梁柱啊，他铁定要治，其他几个兄弟姐妹也只能附和。他不坚持，大家也就一起放弃了。见过他带泪的微笑和哭出的笑声，我相信他内心的纠结和煎熬，觉得村里某些人的随意猜测，简直就是胡扯。

寡母不易，但还是在经年累月中，把身家性命投入到那个丑而怪的土钵里，护佑传家宝。如果说21枚银圆是扑满，那么，重现天日之际，正是扑满碎地之时，悲凄怆然，声声动人。

2018年夏天，我到北方一个小城出差，这里有个做生意的朋友，用古时候的标准来衡量，属于家财万贯。他母亲80多岁，还在他小别墅的院子里，种出田园风光来，出产一些当季的瓜果蔬菜。

我说："你们有福啊，能吃到真正的无公害的绿色食品，真是太好了。"

朋友说："哪里啊，家里吃不完，老人家还卖钱呢。"

这位北方母亲哪里不知道，儿子家大业大，哪需要她挣钱啊。也许，多年劳碌，到老也停不下来，习惯了吧。朋友说："你还别说，老人家攒钱比挣钱厉害。今年生意不好做，公司差点关门，结果，老人家把存折给他，竟然多达80万元。公司起死回生，老妈的积蓄有功啊。"

我问："她哪里这么多钱？"

朋友说："是啊，我也想不通啊。我老妈说，就是我给她的零花钱，一点一点存着，这么多年，总量就惊人了。"更加令人惊奇的是，老母亲还给他预留10万元的存款，一分没动呢。老人家的意思是，如果真有一天，企业做不下去了，有这些钱，也不至于出门讨饭。如果那一张张存折是扑满，那么，朋友去银行柜台取钱的时候，就像扑满碎裂一地，其声洪亮，宛如交响。

作为母亲的女人，谁不喜欢穿金戴银，哪个愿意穿针引线？谁不喜欢往头上戴花，谁甘心窝在厨房择菜？不管喜欢还是不喜欢，钱都是万万不能少的。作为母亲的女人，隐藏了自己所有的喜欢和不喜欢，屏蔽了内心全部的情愿与不愿，把日子过成了算术的式子，在岁月深处，把自己凝结成一个充盈爱、希望和惊喜的扑满，期待在某个特殊的日子，一声脆响，碎了一地，瞬间露出财富的本心，馈赠给下一代。

天下母亲攒了一辈子的钱，积蓄一生的爱，像是燃尽的烛，把最后一丝光亮，也全部留给自己的孩子，照亮前行路。不管是我母亲的五十多元硬币，也不论是村里老人那21块银圆，还是我那不差钱的朋友他八旬高龄的老妈存的80多万元，都是用爱凝结而成的扑满，钱多钱少，并不影响爱的高贵和素洁，都具有同样的分量。千辛万苦，母亲心不碎，但爱到最后，却是将自己化作一个以碎裂为终极目标的扑满。

爱的扑满，好似露珠凝草尖，晶莹剔透，洁白无瑕，时候一到，就裂成万片，化为无形。岁月深浓，生活平凡，因了扑满的碎裂，日子便有无比的厚重感，母亲便有了英雄般的壮烈，带给儿女幸福，成了不朽的人间传奇。

父亲的下弦月

对父亲，我一直心存害怕。

印象中，他总是那么凶。父亲非打即骂的方式，让我时常惊惧不已。青春期里，满脑子尽是父亲言语与非言语的暴力，便莫名地紧张，头像是要炸裂开来一样，难受极了。其苦难言。有时，也会劝慰自己，也许天底下所有的父亲都是这样的吧，强横，不讲理，有力量，说一不二。的确，我目之所及所有的同学们的父亲，大抵也是如此。

父亲生前是我们村小学的民办教师，一边耕种，一边教书。生活的穷苦，近三十年的执教生涯，"转正"又无望，是够让他烦心的。历经人世沧桑，我才明白，烦怨和愤怒，会让人产生一些非正常的言行。对于父亲而言，教训我和我的姐姐妹妹，也许就是在宣泄内心积压至极的烦怒吧。再说，在农村，打骂孩子，那是再正常不过的事儿了。也许，父亲的打骂是千年风俗形成的习惯性动作。

我离家上学后，父亲离开我们村，去往一所偏远乡村小学教书，早出晚归，来回一趟，骑自行车得一个多小时。在那所小学教书不到三年，一次开学，他给学生分发课本，就晕倒在课堂，当夜，离开人世。之后有一年清明节，上过坟后，妹妹带我去父亲生前从教过的乡村小学。

那一排江南典型的砖瓦结构的平房，有父亲工作过的教室和办公室兼午间休息室。我们缓慢地走着，挨个教室地看，从一年级到五年级（那时没有六年级），父亲教过所有的班级，所有的教室都曾有过父亲的身影。倚窗而立，仿佛还能听见他的教书声，看见他背着学生板书的样子。不免就有些伤感。哪怕，父亲已去世好几年了。

往昔那些所有的好与不好，都化作对父亲刻骨铭心的思念。妹妹无声地垂泪，悲伤的氛围渐渐笼罩着我们。我的内心，多的是说不出的酸楚与悲凄。此情此景，思念填满内心，但我眼角没有泪。

最后，妹妹带我去看父亲的休息室。那里已是这所村小的柴火间了，稻草、麻秆儿、豆秆儿和杉树叶堆得满屋都是。父亲睡过的床还在，确切地说，只是床架，床板也许当柴火被学校做饭的师傅烧掉了。在一捆稻草边缘，我看见用毛笔画的一弯下弦月，使劲推开草堆，一幅画映入我的眼帘。妹妹告诉我："这是父亲画的。他一个人，中午没事，就会画一些画，有时，画在纸上，这是唯一一幅画在墙上的。"看到画，我立马想起那首东北儿歌"月儿明，风儿静"，一支广为流传的婴儿睡眠摇篮曲。而对于那弯下弦月，我记得格外分明。

我第一次从赣州的学校回来，父亲翻看我带回的校文学社社刊《绿芽》，在封面上用红色钢笔重重地写了一行字，纠正封面上那弯月亮的错误。父亲对美术编辑写批语："你画的是下弦月，它只能出现在东边的天空，它的脸向着东方，可你却把它画在西天。"像是对他的学生作文进行评判似的。我第一次明白，下弦月挂在东方，它的亮光只是在后半夜幽幽地染着天际，抑或在黎明引来天光。

在父亲墙上的画作里，一个孤独的人，一座茅草屋，一棵高大的桉树，还有桉树之上，东边天空荡漾的那一弯明净的下弦月。幽明的环境，孤独的人，天地一派宁静。这才是父亲的向往之境。我才知道他一生最渴望身处如此宁谧之地。这一画作，让我看到了父亲的另一面。他无时无刻不希望自己平和一些，像"月儿明风儿静"一样，温和地对待自己的儿女。

　　当年，整理父亲的遗物，在一堆的教案和书报中，我发现一个笔记本，很多页都端端正正地写着"制怒"二字。我知道，此两字出自林则徐。他任江苏巡抚时，亲自在牌匾上书写"制怒"，挂在厅堂之上，用以克己自律。

　　父亲有高血压的宿疾，血压升高之时，情绪是难以控制的。也许，那时，就想起用林则徐的这种方法，用以自控和自律。他那么苦苦地写着"制怒"，那么挖空心思地控制自己的情绪，却是没能制止住，还是那么看似无情地打骂他心爱的孩子。

　　多年之后，我才知道，父亲活得多么难，生活上难，事业上难，身体也难，甚至连情绪也是如此地折磨他，刁难他，让他不得安生。故而，在纷繁的人世，父亲如此渴望那种后半夜的安宁，静得只有自己的心跳与呼吸吧。

　　一幅画，让我读懂了父亲，尽管是那么迟。我的父亲，不仅仅是那些化身于外表的言语与非言语的暴力，在他内心深处，分明有着这样宁静的一面，有一弯永远属于他的生长在他灵魂里的下弦月。

　　这幅画，让我洞悉了父亲的内心，面对着它，我终于控制不住自己，一行泪缓缓地流下来，穿过岁月，拉近我和父亲的距离。在这久违的泪水之中，父亲那强横的形象，渐渐地柔软起来，柔得像绒毛，像绸缎，像天边的云霞……

石门楼

一夜之间，村口马路边都竖起了绿底白字的中文标注，下面是白底黑字的拼音标识。毫无疑问，这是县改区的好处之一。

拜村牌所赐，我终于知道她所在的村到底是哪三个字了。

石门楼。

方言里头总有一些无法用文言文和白话文对应上的字句。红尘滚滚，人来人往，她就是我生命中那个独一无二的方言，昙花一般开在我寂寞的少年世界，明艳过、灿烂过，最终萎谢成泥。她像白絮一样，飘逝得无影无踪，永远淡出了我的视野，岁月日深，却在我记忆里复苏，越发清晰了。

她是我初一的同学。

初见那一刻，最先吸引我的是她迷人的微笑，多年后我称之为罂粟的微笑。惊呆我的是她的大胆，居然敢跟男生公开讨论作业题。她与男生说话的"轻佻之举"，引得所有男生都对她抱以轻蔑的笑，投以鄙夷的目光，甚至背地里给她取了难听的外号。

那年月，男生女生早在心里画好了三八线，相对怒视，老死不相往来。像是有莫大的世仇似的。

她的大胆有迹可循，因为她的父亲是本校教师。女孩儿因了父亲的撑腰，胆子大一些，举止出格一点，倒也可以理解。上小学的时候，我父亲是村小民办教师，所以信心爆棚，外化于形，就有些趾高气扬。

但她一点都不自傲，除了敢跟男生接触，没发现其他令人更反感的异常之举。

在我印象中，她就是令人生畏、让人讨厌的母老虎。和那个没出息的小和尚一样，这只老虎悄悄地走进我的心里来。奇怪，太奇怪了。

不能正大光明地向她表白，就选择在一个月黑风高之夜，把所有的思念写在一张纸上，折成同心锁型。她接过去的那一刻，我的心都跳到嗓子眼里来了，紧张得全身僵直，不能动弹。转身离去，星夜烂漫，微风正好。

等到她回复的那段时光，我时常感觉自己心跳快得离谱，像是要窒息过去了，魂儿飘飞，随她去了。

突然就后悔了。表白之后，不是轻松，更无丝毫的甜蜜可言。最直观的感受居然是害怕，整天惶恐不安。怕她告老师；怕她爸爸知道以后揍我；更怕她把这事儿曝光，当众出丑，那真没脸见人，没法活了。

我深陷在后悔、惶恐和忐忑之中，等到她姗姗来迟的回复。

那是一个下晚自习的时候。她趁同学都不在关注我的时候，突然把折成心形的纸条，悄然放在我的书桌上，并抛给我一丝带电的微笑。所有的负面情绪，被她迷人的笑，一扫而光。惊喜和甜蜜像两根秋千绳，我紧紧抓住，在秋千架上荡来荡去，幸福得像一只偎在墙角晒太阳的小猫咪，几乎要晕厥了。

她在复信中说，谢谢你的喜欢，但是我们不能谈恋爱。现在我们最大的任务就是用心读书，考高中，上大学，跳出农门以后，再谈也不迟。以后你就当我是姐吧，咱们一起讨论作业，一起把学习成绩搞好。

老天呐，才上初一，她怎么那么成熟，那么理性，懂得那么多，想得那么远。让我这个傻得像童话里不懂事的小和尚，佩服得紧。

剧情反转的有点不可思议。

虽然表白了，她也答应要一起好好学习，但是，我们从不在一起探讨作业，也没有说过一句话。一来一往的情书交换后，我们还是以前的陌生人。但我们已然回不到从前，因为只要有机会，都会相视一笑。

所有的少年心事少年情，尽在那悠悠淡笑中。

因为她，我在13岁那一年，便早早地失去了自我，心随她去。后来，用微笑架起一座桥梁，我的灵魂走出身体，过桥，去到她那里。

我虽不敢跟她正面接触，但会四处打听她的消息。那个年代，若要打听一个同学，再容易不过了。

她家住石门楼，跟我外婆那个群村，只有一沟之隔。

寒假，趁着在外婆家拜年，我也不知什么心思，居然拉着几个表弟，浩浩荡荡闯入她的村。逮着一个人询问中学的黄老师住哪儿？很快就找到了她家。

冬日暖阳下，她和姐姐，对坐在屋檐下，晒太阳、看书。一日不见如隔三秋，终于见到日思夜想的那个人，我多想喊她的名字呀，却怎么也喊不出口。

她不经意间抬头，看到我来，报以那熟悉的甜笑，我仿佛被惊雷惊吓了一般，转身飞似的跑了。表弟们边追边喊："你跑什么跑，她又不会吃人。"

此后不久，母亲给我算命，那瞎子先生说我的姻缘在西边。

石门楼，恰好在我们村的西边，相隔不到十里路。因为她，我把那个算命先生奉为神。之前，只要母亲去算命，我都会以封建迷信不足信、不能信为由，大加挞伐，以引起母亲的警醒。

从反对到接纳，我态度转变之大，让母亲都觉得不可思议。

母亲追问道："你是不是有喜欢的女孩？"

我含笑回答："是的，正如算命先生所说，在西边。"

母亲打破砂锅问到底，乐得像个孩子，时隔几十年，我依然记得清晰。

原来，我母亲跟她妈妈还是小学同学呢。

母亲说她同学人不错，那个女孩一定也很好。母亲说话的口气像是在探讨自己的儿媳和未来的亲家母似的。

我鼓足勇气，争取开学后，好好和自己的女朋友交往，一定要在一起探讨作业，聊聊人生理想。可是，等到开学后，一切都变了。因为我们俩成绩都非常好，而隔壁班没有一个拿得出手的同学。开学后，她被隔壁班的班主任挖走了。

转身咫尺，亦天涯。

她虽然就在隔壁班，但再见却很艰难，间或在校园偶遇，也是相对无言，一笑而过，笑里的含糖量噌噌地往下降，几乎看不甜味了。我上初三的时候，她被父亲安排回到初二重读，毫无疑问，她这是要上师范的节奏啊。

她和她的家人一样，志在必得。

那个年代，只要能够考上小中专，就是跳出农门，实现了人生价值，光宗耀祖。

一场中考一把筛，全班50多个人过筛，除了三个有幸考上高中，其余全部被筛了下去了，而我就是那三个幸运儿之一。

从此，再也没有见过她，音信全无。

1991年秋天，我上高二，听同学说，她考入东乡师范，终于如愿，三年后，必将成为一个端铁饭碗的公办教师。有同学说在从县里到镇上的班车上见过她，而我每个月坐这趟车，却从未跟她过碰面。

21岁的那一年，我已经在省城立足，写作成了我为之疯狂的唯一爱好。

一个落雨天，没有来由，我想起了她，顿时泪流满面，于是把她写进了一篇题为《罂粟的微笑》的小品文里，回忆她那让我欲罢不能的迷人的微笑。以文葬情，缅怀过往。

这篇文章发表在省里一家少年杂志上，编辑是我好友的妻子，她遵嘱把样刊邮寄到她所在镇中心小学。

结果石沉大海。

2007年，相隔十七年后，初中同学第一次在东乡县城聚会，我才再一次见到她，相顾茫然，除了一声问候，再找不到半句话来交流。那段少年隐秘的情事，像一张纸片，被风卷到天上，又飘落在地，与烂泥和污水为伍。

她给予我作为男人的最初的生命悸动，又像一场盛大的人生彩排，让我没来由地记住一个名叫石门楼的小村庄，以及那个冬日暖阳下，她看书时如女神雕像般宁静与温馨的形象。

平生第一次，我坚定地认为自己未来的妻子定是出自这个名叫石门楼的小村，那时她完全占据了我心那小小的精神宇宙。

分别后，想念塞满了心，再见却也无法回到从前。

那一见，她彻底淡出了我的生命，泯然众人矣。

那一嘟囔的重量

中秋节前,二姐夫妻俩趁农忙还没开始,来城里给亲家送节,忙完了,转来我家,看望老妈,来往走动,见面多增三分亲。头一晚,我在酒店设宴,约来亲友十几人围成一桌,乐呵、热闹。二姐头一回喝起白酒来,满满一大杯,盈盈笑意,把酒都映衬得醉了。第二天,二姐陪老妈到洪城大市场闲逛,顺便买菜回来,两人一起烧了一桌菜,晚辈三人陪老人进餐,老妈笑得合不拢嘴,掉光的门牙,让笑声都发颤。

终于到了分别的时候,他们一走,老妈敛声屏息,像霜打的茄子,当晚也不去跳广场舞,早早关门睡了,以为她身体不适,连声问候,老妈连说没事。

次日早上七点多,老妈房门还是关的,平时,这个点老人家早开始穿衣服了。我推门问候,追问是不是身体不舒服,要不要看医生,老妈睡眼惺忪,轻声嘟囔:"放英,瘦死了(方言,太瘦之意)!"原来,老妈的不适,症结在此。

这个秋日之晨,我听到了母亲那一声嘟囔,微弱的声线里,承载的何止千钧!

孩子，苦不苦

1

那年冬天，上海冷风如刀。夜幕降临，街上人稀车少，作家张爱玲裹紧大衣，加快步伐，赶回常德路上的公寓。路灯下，一个小吃摊子，像汪洋中的一条船，让路人看见希望和温暖。

她走过去，跟摊主打招呼，守摊的还是那个熟悉的女子，不一样的是，多了一个七八岁的孩子，在风中瑟瑟发抖。这是摊主的儿子。看着孩子冻得通红的脸，张爱玲的心顿时揪得紧，习惯性地要了一碗汤圆。她多想吃光摊子上的小吃，好让他们早点收摊回家，可惜哪来那么大胃口？女人在煮汤圆的时候，张爱玲跟孩子拉起了家常，陌生一点点淡去，越聊越亲了。

她关心起孩子来，问道："孩子，苦不苦？"

孩子爽脆地答："不苦，很甜的。"

一问一答之际，女人将一碗热腾腾的汤圆递给了张爱玲。张爱玲迟疑了一下，接过碗来，兀自笑了，显然，孩子的话，是针对汤圆来的，而她固执地认为他是以乐观的方式，正面回答了自己的问题。这是一个苦中作乐的孩子，乐观写在脸上，也涂抹在他的话语里。寒风中，他的一句话，成了她心底一抹暖融的亮红，照亮了这个冷寂的冬夜。

生活苦不苦，孩子和大人的视角往往不一样。一次微醺后，书画家、作家丰子恺把四岁的儿子华瞻捉到膝盖来，逗他玩。

丰先生问儿子："你最喜欢做什么？"本以为孩子会说吃糖呀、逛庙会呀什么的，没料到孩子说："逃难。"枪炮一响，大人慌张，卷起铺盖，背井离乡，路上要多恓惶有多恓惶，要有多痛苦有多痛苦，哪来的什么喜欢，怎么可能会有好感？他追问道："你晓得逃难是什么？"

儿子说："就是爸爸、妈妈、宝宝姐姐、软软……还有姨娘，大家坐汽车，去看大轮船。"孩子眼中的逃难，过滤了生活的苦和精神的痛，以及肉身的煎熬，印在记忆里的，竟是一家人出游的快乐。

丰子恺像是受到了神谕一般，发誓要向孩子学习，因为孩子能撇去世间事物的因果关系网，看见事实真相，洞察事物本质。

2

2016年暑假，带女儿第一次出国旅游，从曼谷到芭提雅，来回兜了一圈，舟车劳顿，一身疲惫。最后一夜，行程比较紧，旅行团晚上11点多才抵达酒店入住，凌晨一点半，我们就被闹钟叫醒。一直担心女儿起不来，结果呢，迷迷糊糊之中，还是她催我快点洗漱，要不然赶不上回国的飞机了。

我们是第一个抵达酒店大堂的家庭，草草地把面包、牛奶吃完，上了游巴，直奔廊曼国际机场。一行人在黑夜里办托运、出境等手续，然后坐在冷气十足的航站楼，等候登机。已经累了七八天，还没睡够两个小时，起早摸黑，赶飞机，真是太辛苦了。同行的大人个个叫苦连天，更何况十岁的小孩子，心想，女儿一定累坏了。

飞机起飞的时候，我问女儿："辛不辛苦？"

女儿说："不辛苦啊，好好玩哦。"一会儿，她把头一歪，沉沉地睡去，舷窗外，一轮鲜红的太阳从曼谷的地平线上冉冉升起。

再苦再累，在孩子看来，却是好玩，是不是稀奇，算不算有趣？

3

世上所有的苦，是不是都有好玩的成分，甚至像汤圆那样是很甜的？世事复杂，生活零乱，人性幽微，是孩子帮我们化繁为简，透过现象看本质，苦与乐，原来是可以调换的。苦也是甜，苦也是好玩的，有意思的。

苦，实在不是一种纯粹的滋味，更多的时候，它是基调，是容器，是烘托，像午后咖啡厅里静静流淌出来的背景音乐。人间的苦，衍生出来的东西很多，新奇且有趣。不信你仔细回想一下，吃过苦后，再去回望当年，是不是有股甜滋滋的感觉，在心底荡漾？一切都会过去，苦不尽，甘也会来，因为苦里也有甜，苦中能作乐。就像世上再悲苦的往事，总有一天，你会笑着说出来。

生活苦不苦，境遇悲不悲，不用过多品味，多想想孩子们打心底的真诚吐露吧。

小而不小

　　看中一款紫砂壶，圆而丰润，嫩且精致，张手，放置手心，状若安睡的婴儿。欣然买回来，见之欢喜。日子因它的到来，多了一丝温润，平添一抹巧稚。

　　小壶配一个公道杯，两两相较，小壶就显得越发小了。杯口小嘴尖，内里略显空阔，仿佛能装天下。承接茶壶水的茶杯，更细了，像风衣上的纽扣，拇指、食指捏着，都不敢使力，生怕把它夹疼了，捏碎了。一壶一杯泡一天，日子浸润着茶香，便有了悠然的滋味。

　　21岁，初上省城，买了一个不锈钢茶杯，往书桌上一搁，占据了大半位置，烧一壶水就够倒满杯。端起杯子喝水，喉咙发出欢畅的咕嘟声，满屋子飞旋"牛饮"二字。岁月深了，杯子浅了，正如年纪大了，胆子却小了。曾经的牛饮变成了细啜，曾经为解渴而喝水，现在为解忧而品茶。小壶配小杯，似乎成了小日子的常备。

　　小心思，夹杂小情调，小情思，拖扯小希望，就像一间儿童房，把小小的天地粉饰成一个大大的梦幻。

　　偶遇水沟，并不宽，水平如镜，毫无凶险可言。朋友几个，议论纷纷，相互鼓励，跨沟渠玩。一个说："这有什么，小菜一碟。"跨过去了。另一个说："这还不好跨，看我的！"轻轻松松，也按例跨过。眼看他们一个个，一脚越过，如履平地，我却呆愣一旁，不敢挪步。那边嘲笑声四起，像是献给舞台上最逗人的小丑。

　　说实话，一步跨过去，肯定没问题。但跨过去了，又有什么意思？万一失足，多难堪啊，何苦来哉。小时候，可不像这样，瞻前顾后，患得患失。你挑，我必斗，有危险，更刺激，管他什么意不意思，所谓的难堪，更是无从说起。

　　有对夫妻曾天天吵得不可开交，所争皆拿不上台面，诸如为什么要开窗透气？为何牙膏要从中间挤？吃香蕉怎么要从蒂上剥？拖地的时候为什么不把拖把拧干水？抽纸干吗要两张？等等，不一而足。

　　一吵，一闹，再浓的感情，也搞淡了，再甜蜜的日子，也渗进了苦楚和酸涩。人还是那对人，味已不是当年那个味了。再过十几年，那些吵闹消失了。就像一块磨石，久经磨炼，当初开凿的深痕，以平顺如丝绸一般。那些引发冲突的生活小事，成了生活的调味剂。

　　有人说爱情的深痕，即为生活细碎的小事。事实证明，爱情的催化剂，也都是一些无伤大雅，微乎其微的小细节。这对夫妻，便是明证。如今，他们恩爱如初。

　　伏尔泰说："使人疲惫的不是远方的高山，而是鞋里的一粒沙子。"小与不小，就看当事人怎么对待？小而不小，那得看当局者什么心境了。就像大杯喝水，牛饮不出气定神闲；小盏品茶，方有安然气息，在生活的四周，丝丝流淌，流静，流深。

　　方文山说："小小的手牵小小的人，守着小小的永恒。"我想说的是，小小的胆子，过小小的日子，守着小小的幸福。

  过日子，莫因事小而不为，小而不小，那里藏着大大的世界，会给你大大的惊奇。

杨柳枝三寸长

周末出城的车,比高峰期更恐怖,加之地铁施工,一路堵得人都没有脾气,好在吴琼方不停地打电话过来,算是别样的陪伴,心得宽慰。终于转入外环快速路,手机又响了。电话那头,吴琼方念经似的,又在重复那句话:"记得千万别带儿子过来,就你一个人来哈。"我应彩一样叫好。她哪里知道我已带着儿子出城,离她越来越近。

坐在后排的儿子笑岔了气,等他缓过来,说:"爸,你今天怎么啦?像复读机一样,只知道说好。""好",多好的字眼啊!病好起来,人好起来,天气好起来,生活好起来,工作好起来,感情好起来……好好好,一切都好!

出发前,我跟儿子说:"咱们去吴阿姨那里摘橘子,好不好?"

儿子爽快地答:"好好好!"

开车,我戴着蓝牙耳机说"好好好",儿子却不知道电话那头,他的吴阿姨说了什么。吴琼方不是不想见我儿子,而是排斥另外一件事情。

比糟糕的交通更让我堵心的,是吴琼方的病情,肺癌晚期,到北京大医院做了手术,又倾尽家中所有,做靶向治疗和放化疗。最好的医术,最好的药,都用上了,一心期待最好的结果。出院后,她气色好,精神好,状态好,似乎一切都在向好而去。

不知什么时候，那个跟顽皮孩子似的"好"困陷于冰冷的荒原，迷失方向，踟蹰不前，突然掉头，直奔危崖而去。众人期待的"好"的结果，终究还是被"坏"的后果无情地取代。

癌细胞复发了，转移了，吴琼方正被这个世界无情地抛弃，以飞奔的速度，走向天尽头。想起乡下那个古老的习俗，我决计让儿子给她认干亲。只要她在世上有更多的留恋，更多放心不下的人，按照风俗里所说，病魔就不忍心将她带走。阎王爷也不愿意收走那些心有所恋的人啊！

到了吴琼方家，她一个劲地埋怨："叫你不要把宝贝带来，你偏不听！"话音刚落，她一把抱起我儿子，亲得不得了，左亲亲，右亲亲，仿佛是自己的亲骨肉。

午时，依风俗，我们在神龛下，燃香烧烛，开始认亲仪式。我把从小区摘来的杨柳，折成六根三寸长的枝条，一一摆上桌，跪下，三拜，然后，吴琼方跪下，三拜，起身后，她用红绳端系杨柳枝，一边三根。我把儿子牵过来，她蹲下来，说："真好看，阿姨给你带上，喜不喜欢？"一把挂在儿子脖子上。儿子爽声回答："喜欢！谢谢吴阿姨。"我们仨跪下，对着祖神，齐拜三下。

鞭炮声声，轻烟起，香烛幽微，火光红，吴琼方唱起了民间小调——

杨柳枝，三寸长，拴住我的好儿郎。拴住乖崽长成树，拴住乖崽长成梁。

儿子惊叫："吴阿姨，你怎么哭了？"吴琼方抹干了泪水，挤出一丝甜笑，说："乖崽，阿姨这是高兴哦！"吴阿姨从此变干娘。饭毕，吴琼方的爱人开车带我们去乡下橘园采摘。到了目的地，见干娘不下车，儿子惊问："干妈，你怎么不下车呢？"

我说:"你干妈晕车,让她在车上休息,不要打扰哦!"

一入橘园,儿子一蹦一跳追鸡赶鸭去了,像寓言故事里那只下山的猴子,见什么就去追什么,最后两手空空。临上车,儿子发现干妈不见了,大喊:"干妈!干妈,你到哪儿去了?咱们要回去啦!"

日影偏斜,秋风凉,孩子清脆的叫唤,在橘园空渺的树梢,久久回旋,依依之情,溢满树尖。吴琼方手捧橘子,小跑过来,说:"乖仔,快来看,干妈给摘几个最好最甜的橘子!"儿子说:"太好了,谢谢干妈!"这些动人的细节和感人场景,后来多次被儿子写入作文。

回到家里,母亲从儿子那里得知此事,把我骂得狗血淋头。她说:"这样认亲,会折寿的,你不知道吗?不是亲戚,哪个会这样认干亲啊?你好糊涂啊你!"任母亲怎么责骂,我自无声承受。顾不了那么多,只愿吴琼方尽快好起来。

没过几天,我们把摘回来的那一大篮橘子吃了个精光。儿子却一直舍不得动他干娘亲手摘的那几个。他说那是世上最好最甜的橘子,是干妈亲自摘的,要好好保存。

入冬,刮着冷风,我缩成一团,望着阴沉沉的天,思念故人。这时,接到吴琼方爱人的电话,他说:"琼方走了。"我像被电击了一样,傻呆呆的,僵立良久,半天才回了一句:"知道了。"转身去客厅,站在果篮前,缓缓地把吴琼方摘的橘子,握在手心。

这个橘子,皮已发干变脆,紧缩变形,失水变小,皱巴巴的,像个被夺去了灵魂的人。儿子写完作业,从自己房间出来,看到我手中的橘子,念起了那熟悉的歌谣:"杨柳枝,三寸长,拴住我的好儿郎……"

泪水夺眶而出,想哭,却怎么也哭不出来,想开车过去看看,而人世间已找不到一条通往她那里的路。

一条路记住一个人

解放初期，南昌市百废待兴，为了方便交通，市里决定拆除城东古城墙，在农田里修建一条贯穿城市南北的道路——八一大道。

图纸出来后，设计人员斗胆提出修建20米宽的大马路，立即招来一片反对声。当时的街道、马路，最宽不过10米，修筑20米宽的路，岂不是浪费？市里原本同意设计方案，但是，各方面的反对意见如潮水般涌来，领导有点压不住阵脚。

报告打到当时的江西省省长手里，他一锤定音：八一大道的宽度必须达到60米！须知，当时全城的汽车还不到100辆，人口才10来万。能做出如此前瞻性的决策，需要多大的气魄和胆识啊。八一大道修成之后，被老百姓誉为"南昌的长安街"，街道之宽，绿化之好，在全国也是极为罕见的。几十年来，八一大道一直保持着全城街道宽度之最的记录。如果当时仅有20米，在后来的拓宽拆迁中，要造成多大的损失和痛苦啊？简直不敢想象。

今天，每一个开车在八一大道上飞奔的司机，每一个从那儿经过的南昌市民，都深深地记得一个人——江西省第一任省长邵式平。老百姓记起他的时候，都会亲切地喊一声"邵省长"，然后，发自内心地夸赞："真是有眼光啊！"

一个官员要让人记住并不难，只要在决策的时候，有远见卓识，难就难在有没有过人的胆识和前瞻的智慧。心同此理，一个人要做出一番业绩来，想一想并不遥远的未来，往往能起到事半功倍的效果。

最后一课

　　确切地说，那堂课是我人生第一次上讲台，面对一群小学生，讲我对文学的狂热追求。那是1994年冬天的事了。一放寒假，我就从赣州就读的学校回到家里，父亲所从教的村小，还在正常上课。有一天，父亲对我说："我给学生们提了一下，要让你去上课，你准备一下，明天跟我去学校吧！"

　　这也太突然了，顿时慌了神，忙问："去给他们讲什么呢？万一什么也说不出来，那不是好丢人啊！"父亲说："你上高中就是文学社的社长，了不起的啊，就讲讲你的作家梦，他们会喜欢听的。"我在赣州学的是会计，那时，距第一篇文章在《青年知识报》上发表还有整整两年时间，离成功相去甚远，且专业不对口，为何父亲突然心血来潮，想这么一出？

　　父亲从北京炮校退伍以后，一直在村小当赤脚老师（民办教师），从教近三十年，一直游离在体制之外，却撑起乡村孩子一片求学的天空。他做梦都想让我报考师范，步其后尘，做一名端国家饭碗的乡村教师。我没能考上东乡师范，上了高中，让他非常失望。

　　那是冬日难得一见的晴天，父亲骑自行车载我去到十里开外的新溪小学，乡下的孩子野惯了，见老师来，一溜烟儿跑进了教室。我跟在父亲后面，看见窗口都挤满了小脑袋，像一群小雀，打量来打量去，叽叽喳喳，讨论得没完没了。这跟我小时候何其相似，瞬间有了回到童年的感觉。

跟着父亲走进教室，吵闹戛然而止，突然安静得像能听见月影移动的午夜村庄。我身上每一个毛孔都打开了，汗毛倒竖，大冬天的，额头竟有潮乎乎的湿意。从来没有经历这种场面，心怯，腿软，一脸涨热，不知如何是好。这时，父亲用微笑鼓励我，用目光抚慰我，介绍说：'这是我儿子，九月份刚刚考到赣州读书，同学们欢迎他给大家上课。'站在讲台上，感觉压在心底那块巨石被父亲的温言暖语移除了，吓出来的汗，也在他的微笑下，被风慢慢吹干，我就那样天南地北地说开了。

那堂课到底讲了什么，写没写粉笔字，有没有跟学生互动等一一不复记忆。但我一直记得，从第一句话到最后一个字，我说的都是普通话，用我们乡下的话来说，叫"打官腔"。可喜的是，孩子们对我说普通话没有任何的不适，个个把脖子伸得跟大白鹅一样长，不放过一个字，不漏听一句话，听得格外认真。课后，有孩子找我说话，我不再捏腔拿调，而是说方言，他们满眼惊奇，好像在说，咦，原来你也会说土话呀！

父亲给我反馈消息，说孩子们喜欢听我讲课，让我再去，但我坚决推辞。父亲说："再去一次嘛！难得他们都喜欢听你讲课呢！"那语调，那态度，是我完全陌生的，不见往日威严，没有一丝凌人的盛气。

有人说，接过父亲递过来的那支烟，感觉自己长大了。也有人说，父亲第一次给自己敬酒，瞬间就感觉成年了，这些我都不曾有过。但听到父亲那满含哀求的话语，我感觉自己真的长大了。我对父亲说："寒假就不去了，等我暑假有机会再去给他们上课吧！"父亲不再强求，也算有话回复学生了。寒假过后，新学期伊始，父亲给他的学生发放新课本，晕倒在我曾站立过的讲台。同事们手忙脚乱，把他送到附近的梁家村医所，当晚，溘然离世。

因了父亲的遽然离去，我的第一课，忽而成了最后一课。想到这里，不禁悔恨交加，恨自己当时不该拂父亲的意，让他带着永远的遗憾，驾鹤西去。父亲去世后第二年，我终究还是圆了他生前的梦，走上讲坛，成了一名省城学校的教师，如今已是一个拥有22年教龄的资深教员了。

每当我忆及人生第一次上讲台，都会想起苏联作家帕斯捷尔纳克的那句话："童年像机场，在我们成年以后，还经常飞回加油！"对我来说，父亲就是我永远的机场，哪怕他不在人世，哪怕我从教多年，总不忘飞回他那里，找寻生命的原动力，为人生加油，给自己充电。

最后一课，成了我常记常新的人生追思课。每一个起风的日子，每一个飘雪的季节，不管我在哪，在干什么，都会想起父亲的微笑，还有他的平视的眼神，略带仰视的话语。那一堂课，透射出的命运之光，照亮我前行的路，让我在生命传承中，感知人生的裂变。这一课，让我知道，错过，往往是永远错过了，但亲人赋予我们的坚毅、勇敢和信念，才是最重要的，会让我们更好地走向未来。

走好自己的人生路，是对亲人最好的缅怀。春风吹来又一个清明，悠悠往事，藏着父亲的爱子之心。

柳条帽

曾一度被人贴上"财富故事专业户"的标签，只因发表了一些创业创富故事。某年，我参加了某著名期刊集团组织的首届出境笔会，这份沉甸甸的荣誉是最好的证明。

我本庸常一凡人，守三尺讲台，写三两文字。曾有幸混入媒体打工，却从未持有记者证。与采访对象交流发名片，强调教师身份，扛的旗是"自由撰稿人"。本着与人为善的原则贯穿采写始终，我不挖人隐私，不帮人招惹工商税务，每一个句子都在突出人家的创业之不易守业之艰难，以及能力意志之强和情商财商之高。没能做到雪中送炭，多少也称得上锦上添花。

忆及那段岁月，难忘那顶柳条帽。

老早就知道A总了，因为他是新闻里的常客——干我们这行，得在新闻里找线索。感觉多数报道表面化、新闻化，难以抵达人性和人心。故事具有永恒的魅力。他能坐拥金山，定有与众不同的人生经历。这是一口井，值得深挖。

通过查号台要到电话号码，和大多数人一样，得知我不是记者，总裁办断然拒绝接受采访。这样的冷遇受多了，我自有办法。找上门去，将以前发表过的财富故事，给他们审看。精诚所至，金石为开，一次不行就两次，人总会被感动的。我一不拉广告，二不要赞助，免费为人做宣传，缠磨到最后，人家一般都乐于接受。但A总的下属，查看了我的材料，就一句话："我们老总不接受任何采访！"退还材料，就送客了。

采访多次，如此冷遇，还是头一回。再出几招，给他写信，附上作品复印件，仍无回音。通过之前采访过的老板介绍，我要到了A总的电话，直接和他通话。自报家门后，A总说："寄来的东西看到了，很不错，如果有空，你明天来我公司吧！"耶！成了。正所谓功夫不负有心人。

这是一家声名远播的民企，厂区整洁漂亮，外看办公楼很一般，进到里面却是风格迥异，低调的奢华。在A总的大班台前落坐，抬头看见他背后墙上挂着一个枯枝编织的环。一圈枯黑枝挂白墙，格外醒目，一眼能辨出是柳条帽，小时候没少玩过这个。

我说："你这个柳条帽真好看。"

A总说："你也是乡下长大的吧。别人都以为这是珍稀茎藤呢！"

有了这样的开场白，采访颇为顺利。临末，我合上了采访本，起身准备告别，A总坐着不动，说："我这是第一次真正意义上接受一个记者采访——可你又不是记者。本来今天很忙，我推掉了其他事来接待你。看你不错，我再给你讲个我年轻时候的事吧。"

"我高中只读了半年，家里没钱，就辍学在家。一个人待在家里很烦，就想出门找事做。可是连买火车票的钱都没有。家里有杆鸟铳能打野鸡野兔，没事的时候，就上山打野鸡，每次收获都不小。我的枪法很准。但这些都卖不到几个钱。为了搞到钱，我想到用鸟铳去讹人。到集市上逛荡了好多次，选好对猪贩下手。他人精瘦，下市的时候身上肯定有钱。那天，猪贩骑车回家，我埋伏在路边芭茅里，突然闯出来，举起鸟铳朝天开了一枪，将他拦下来。我结结巴巴把自己的意思说了。他说：'要钱可以，你要把鸟铳拿下来。这家伙对着人，这可不是闹着玩的。'他看我的眼神，没有恐惧，没有胆怯，一股凛然正气吓得我直哆嗦。还好他很快就掏出了50块钱给我。当时，这可不是一个小数字呢。我放下鸟铳，收了钱，转身要走。他叫住了我，取下头上戴的柳条帽，轻轻地扣在了我的头上。他说：'孩子，以后可不能做这样的事。要学好，懂吗？'我回他一句：'知道了，这钱我以后会还给你的。'拿了这些，我到了山外打工，一步一步走到今天。钱后来还上了，但我永远对不起他们。因为他老婆知道被人抢劫50块钱，当晚喝农药自杀，还好，发现得早被抢救过来了。"柳条帽的故事，写到文章里，却被编辑删了。

一顶柳条帽传递的是关怀，记住的是感恩。它将复杂的人事人际，简化成一顶柳条帽，一个流畅的戴帽动作。日后，他发达了，将帽悬挂于白墙以自省。很不相称的东西之所以挂在他办公室最显赫的位置，只因为它一直存于心灵深处，是人生转折点的见证物。

那些年，我不是记者，更没有记者证，为什么会有那么多大老板会接受采访呢？现在回想起来，其实很简单，因为我有一颗真诚的心，能让人坦然说出"柳条帽"的故事，值得人信任。

凌晨四点的月光

  时至今日，我再也没有像那晚那样默默凝视凌晨四点的月。

  厚厚的夜幕，一轮残月发出惨白的光，微亮的一点，虚弱无力，像大病初愈的样子。远山如墨，近树似黛，世间万物好似沐在牛乳中，虚虚浮浮，看不真切了。周遭虫嘶不歇，间或一声夜鸟长啼，划破长空，静夜逾静。

  陪我一起看月，是远道而来的小叔叔。

  那年我刚好20岁，一个早春的夜里，父亲遽然离世，顿感天塌地陷，命运被一股奇异的力量裹挟着，毫无反抗之力，不知不觉堕入暗夜，看不到一丝光亮，摸不到前行的路。灰暗的心，把文字涂抹成颓废态，发表在校报上，七弯八拐，被叔叔知道了。他决定南下赣州来看我。

  一见到我，叔叔板起脸孔，严厉训斥："你不要想年事（方言，蠢事之意），都这么大的人了，要懂事呀！你爸不在世了，更要学会坚强。寻短见是最没出息的，你爸在九泉之下都不得安生！"

  无言以对。

  我默默低头，努力控制眼泪不要流出来，一眨眼，泪珠还是不听话，落了下来，沾湿了鞋面。

叔叔陪我在食堂吃了一顿晚饭，顺便给了我60块钱。钱这么俗气的东西，那时，让我看到、感受到亲情的可贵、爱的温暖。饭后，叔叔陪我在校园里走了一圈又一圈，两人无言，唯有春风笑。

父亲有四兄弟，唯有叔叔成功跳出农门，在省城邮电单位上班。我在村里，他在城里，平时接触很少，叔侄关系并不算亲融。他从南昌过来，突然出现在我面前的时候，虽忧郁不散，但惊喜已至。关键时刻，亲情总能显现其威力，展示其魅力。

叔叔收入并不算高，为了省钱，他托熟人关系，搭乘"昌吉赣"线邮车过来。他们沿105国道一路收放邮包，原本五六个小时的车程，硬是走了十多个钟头。邮车披星出发，下午才把叔叔送到我校门口，接着，他们又往赣州城驶去。

和开车师傅约好，第二天凌晨四点，邮车弯进来，到我们校门口，接叔叔回昌。

那夜，叔叔和我挤在学生宿舍单人小床上，怕打扰其他同学休息，相卧无言。时光飞快，临近凌晨四点，我们迷迷糊糊爬起来，急急慌慌赶去校门口，却没看见邮车的踪影。

叔叔看手表，才四点过五分，在月光下焦急地徘徊，生怕错过了车。那时没有手机，连传呼机的踪影都还没出现，无法与邮车师傅联系。只有干等。

我静立月下，抬头凝望月光，环视远山近树，慢慢化解心头结，驱散心底无尽的阴暗。千年月照方寸心，如清水洗尘，一点点去除心间的轻尘浮埃。

凌晨四点的月光是我人生的初见。此前和之后，我都不曾认真打量过这个时间点上的月。如水的月光，让我感受到了亲情的可贵，读懂了人生的不易。

那片赣南月，以亮光为笔，以大地作纸，重重地写下人生忠告："生活就是，生下来，活下去。"并一字字烙进我心里，让我警醒过来。

久等车不来，叔叔收脚，不再踱步，蜷缩在月下小憩，我紧挨着他，席地而坐，不知不觉我们叔侄俩竟在月光里沉沉睡去。

邮车喇叭在校门口响起的时候，时针指向6点，天亮了。

看到邮车鲜红的尾灯在赣南山区林密的道路上渐行渐远，站在清晨的我，伸了一个懒腰，默默地告诉自己：真的，天亮了。

凌晨四点的月光不见了，消失在我20岁的那年。

慢十分的生活

一个人回乡过年，住在父亲遗留下来的老宅里，吃在远近堂嫂们的家里。屋子已近而立之年，比我小不了几岁，满满地盛着我儿时的记忆。滋味醇香的饭菜，丝丝缕缕有我熟悉的家乡味道。

村居的日子，如天边的闲云，慢慢浮游慢慢飘。

黎明，窗外黑沉如墨，似有烛光划过，透出微弱的白亮，由暗而淡，由淡而明。此时，夜鸟鸣歇晨鸡啼，像是禽鸟的叫唤转动了光影的旋钮。日影是有脚的，一寸一寸温情地丈量村庄，从房屋上的青瓦到大地上的细沙，临幸而不遗。斜阳轻铺于冬日荒草上，影动之际，折射出亘古不变的苍凉。西天晚霞艳红，一天一地的暖意衬出今时今世的安详。

晨昏轮换间，静，是乡村唯一的填充物，是乡间不变的主题。夜里寂静，白天安静；鸡鸣犬吠时恬静，莺啼燕鸣时幽静；人来鸟不惊的宁静，我自欢心我自在的沉静；静静地，静静地，风飘日移，迎晨送昏，静静地，静静地，独坐幽里，安享宁谧。

数里外，汽车的喇叭声，刺耳惊心；身边鸡鸣鸟叫小儿嬉戏，天籁洗心。檐下滴雨嗒嗒嗒，风掠枝叶沙沙沙，沙落屋瓦，莺燕呢喃，鼠窜楼板，落叶追风，蚂蚁搬家，人过街巷，唤儿喊妈……细微而悠长的乡村之声，清甜入耳，温暖入心。

空气像洗过一般，泥土草木气息，扑面而来。一缕炊烟起，一声爆竹响，这味儿里又多了一份生活的喜乐。

时光缓缓流淌，风吹过千年河流，掠过百年老宅，也拂着新修的水泥路面，细细的春雨浇过儿时的我，也淋湿现在的我，浇透日渐颓败的乡村。

这样闲淡的日子，少不了要翻书。书是几本闲书，够不上荡气回肠，却也滋味悠长。风雨屋檐下，融融春光里，西窗灯影中，翻几页书，回味几个短长句。时光恬淡，人生冲淡，日子是如此宁静而安详。睡前翻一翻，人来前客走后，胡乱翻翻，翻出几许人生清欢。

也不能不写字。无须谋思宏大主题，修辞结构条理层次之类统统勿理勿念，往木凳上一坐，翻开软皮抄，随手写几行随心的文字，洒泼心香，挥发逸兴。

更少不了去田野走一走。重走儿时的上学路，重温少年时劳作的田地，过一过当年十分惧怕的古老木桥。是重温，亦是身心匍匐大地。

自家地垄上，儿时那棵硕大的樟树，这会儿大得出奇，我一人搂抱不过来。母亲嚷嚷要卖，被我拦住。树是我成长的见证，我远离了家乡，树可不能挪移，无端地受苦。它是故乡的一部分，是不可分割的故土盛景。

这个江南不起眼的小村陈坊，是我出生的地方，在这里生活了二十多年。走出这里时，我是故乡出产的一枚青涩果，如今归来，已鬓发斑白，人届中年。这是我的根。落叶要归根，人要归故土。

现实很残酷，故乡已非久留之地，我不得不离开，去到城市，那里有我要奋斗的人生。带着思念，我开车出了村，前方是喧闹的城市。

来时，我带的腕表走时正常，离开老家陈坊的时候，分针延后了十个刻度，慢了十分钟。看着后视镜里的故乡，我那珍贵的慢十分的生活，渐渐隐入高大柿树掩映的村庄里。

第三辑
心若无闲事

人这一生,说到底,还是要凭本事找到属于自己的平台,努力实现人生价值,要是找不到呢,就像马云那样,造一个平台,福泽人间。

书香致远

人间四月花香尽，唯有书香能致远。一本书，一杯茶，一个悠然的午后，手捧卷，风敲窗，一室书香一世情，人世安好，时光静美。这是多少书友的日常，却又成了多少人的渴望。

人为什么要读书？无它，只因人离不开与这个世界连接。打开一本书，就是按下连接世界的启动键，纷繁世事，各色新知扑面而来，好似风雨之夕，如豆油灯光，瞬间点亮黑暗。书中也许没有千斤粟和黄金屋，也许找不到颜如玉，但一定有这个世界最精彩的投影。世界之大，一册书可以容下它；世界之奇，一本书能够描绘它；世界之美，一缕书香完美收存它。

通往世界的路有千万条，书本铺就的幽径，定能让我们有一个完美的抵达。这个世界不管是你的，还是我的，归根结底，都是爱书的人的。如果说世界是平的，那么，一定是书本那样的平；如果说世界是香的，那么，此香有一个动听的名字：书香。

花有谢的时候，书却不会凋零；花香散尽之际，书香却永续存世。鸟儿凌空飞翔，不管你飞得多高，也不论你飞得多远，没有空气的依托，一切都将成空。人这一生，就像飞鸟离不开空气那样，我们一刻也离不开书香做伴。书好似空气，托举人高高飞翔，让我们飞得更高，看得更远。

也许有人会问，一本书读完，转身忘掉一半，经年累月，几乎全忘光，如此一来，读书有何意义？这就像我们吃进肚子里的饭菜，不是从这个世界消失了，而是长成我们的肌肉，融入骨血，与我们一体。读过的书，哪怕全不记得，其实，已然是构筑人类精神宫殿的一砖一瓦。当我们需要的时候，翻过的书会助我们一臂之力；当我们陷入迷茫，闻过的书香会带给我们走向一条康庄大道。这就是书的神奇之所在。

不怕读过的书，总是记不住，就怕三天不碰书，愚蠢紧随而来。一日不翻书，脑袋会生锈；两日不看书，呈现狰狞面目；三天不读书，搬去跟魔鬼同住。书能拯救灵魂，涤荡人的精神世界。书香是最好的化妆品，与其把昂贵的化妆品往脸上涂抹，不如随身带一本书，让心灵永远与优雅相依。

读而书，书而优。每一个好读书的人，时间一长，自然都会有一颗书写的心。善于书写的人自然是这个世界的优品。孔子曰，而《论语》生。司马迁于困厄中，著《史记》。曹雪芹不惧清贫，奋力写《红楼梦》。牛顿因苹果落地有了顿悟，写出《自然哲学的数学原理》。霍金在轮椅上，写出《时间简史》……古今中外，书写者灿若星河。今日的书写者只有一个——你。

写一本书，便开启了世界与你的连接。人生，因文字而传世，得永生。一个人的世界就是一滴水，如何让这滴水永不干涸？方法只有一个，通过书写，融入整个世界。书写是人和世界最美的连接。世界因我们的抒写而精彩，生活因我们的书写而充实。书香是世界的脐带。读书是吸收世界的养分，写书是把养分输送给这个世界。只有博览群书的读者，才有可能成为文思泉涌的作者。

每一个嗜书如命的书友都有可能成为时代的书写者，撰写个人心灵史，世界进步史。美国故事家保罗·奥斯特曾发起一个"全国故事计划"，吸引全美各行各业的人拿起笔，书写自己的故事。保罗的征文收到来自41个州的成千上万的普通人写的故事，最后180篇入围，辑入成书，被誉为"美国现实的博物馆"。保罗的故事再次印证了一个道理：每一个人都有成为作家的潜质。

一个人之所以不书写，无非是懒，要不，就是不想主动与这个美好世界连接。读书，是世界与我们的连接；写书，是我们与世界的连接。读与写，以书为介质，以书香为背景，收获沟通的快乐。世界因沟通而美好，人因交流而懂，又因懂而得。张爱玲说："因为懂得，所以慈悲。"书香之气，氤氲慈悲心。漫漫人生路，书香伴我们抵达诗和远方。读书好，好读书，读好书。一本书隔断往日愁，让你不为往事忧；一脉书香联通未来，让你只为余生笑。

最后请允许我用一首打油诗来结束全文：黄金非宝书为宝，花香散尽书香至。浮生苍凉有升沉，清雅书香能致远。

人生不谩至诚始

夜听北大历史系副教授赵冬梅女士讲司马光,如饮一盏清茶,滋喉润心。千年名臣司马光对"诚"忠贞不贰,令人肃然起敬。司马光,这个国人耳熟能详的名字,与那个砸缸的故事紧密相连。司马光砸缸,一砸千年响。编入小学语文课本里的这个勇气故事,年复一年,教化不谙世事的孩子们。

翻检历史书页,不难发现,那个砸缸的小男孩很早就鲜活在世人的口耳相传中,存活在宋人的笔记里。《冷斋夜话》(宋·释惠洪著)第三卷"活人手段"一节,完整全景式记录了司马光砸缸,以及此事对当世的影响。作者在文末写道:"至今,京、洛(即当时的东京开封、西京洛阳)间多为《小儿击瓮图》。"由此可知,司马光举起石头,使劲砸下去,结果养活了很多民间画工。

他万万没想到,自己儿时不经意间做的一件小小举动,竟然成了融入历史血脉的大事,流传千年。但他毫不在意,觉得不足挂齿。用今人的眼光来打量,这是何等迂腐,这么一个千载难逢的"网红"机会,怎能不往心里去,不好好运作一下呢?没错。司马光给自己的定位就是一个字——迂。39岁那年,他开始一笔一画写人生,到老年集录成《迂书》。司马光在书中自称"迂夫",写了大小很多事,却不曾记述砸缸。他心心念念的是童年的另一件小事,剥青核桃。

在司马光五六岁的时候，有一天，他和姐姐在家玩，见到桌上有青核桃，姐姐想把皮剥开，左右开弓，却不得要领，无奈放弃。姐姐走开后，家中女仆把青核桃往开水里一烫，很快就把外面那层难剥的皮给去掉了。姐姐回来后见状，惊问："谁剥开的？"司马光得意扬扬，说："我自己剥的。"恰巧这一切都被父亲司马池看在眼里，正言严色，训斥他："小小年纪，怎么能胡说八道，可不能撒谎啊！"从那以后，他再也不敢信口开河，胡乱扯谎，并以此警示一生。

民间流传了一则故事，说司马光老来拮据，准备将自己的病马卖掉，到了市场上，买家按照正常行情出价，他却主动告诉人家，这是病马不值那么多钱。至诚至信，由此可见一斑。

诚，是司马家族的底色，是烙在小司马光心底永不褪色的印记。他那行走的一生，一直以此为尺，时时事事，度量，不逾矩。

那年，他的学生刘世安考上进士，跻身国家公务员行列，行前，请老师赐赠一个座右铭。司马光只给他一个字——诚，并嘱咐道："人生至诚不妄始。"后来，他在人生随笔集《迂书》中详解"诚"之义。他说，事事鞠躬，入里三分，不见得就是恭敬；长哭流涕，不一定就是哀痛；粗茶淡饭，粗衣陋裳，不能说就是简朴。有些人用这些来蒙人，一蒙一个准，却不足以打动人。

那么，怎样才能打动人呢？司马光说："君子所以感人者，其惟诚乎。感人者，益久而人益信之。"虚假能蒙人，终不能长久，唯诚感人，日久，人更加信他。自古一字能成师，司马光，仅凭这一"诚"字，足以是万民之师，尤其在失信时代。

宋明理学开山鼻祖廉溪先生说："无妄者，至诚也。"不妄想，不妄言，不妄行，诚才得以立，遍行天下。

人若不漫至诚始，至诚天下万民安。

怕的哲学

有好事的调查机构公布人害怕的东西统计结果,"蛇"荣登"我们普遍最怕的东西"名单之首。为什么会这样?美国达拉斯-沃斯堡恐惧症中心主任克拉克·文森解释说:"这可能是一种与生俱来的恐惧,或者人们在早期被蛇惊吓过。但是人们对蛇的反应,看起来好像是一种机械反应。"恐惧源于陌生,陌生让人害怕。

中学生也有三怕:奥数、英文和周树人。原因何在呢?只因这三样相对而言,更显陌生一些罢。奥数比普通数学难见到,难易程度有五颗星,又难又少见,不怕才怪。中文语境下学英文,自然也让人怕;周树人是语文课本里的常客,但他的文风、情感和用词又是学生所鲜见的,生了自然有疏远之感,故而不怕也不行。

光怕是没用的。成功者的字典里,很难找到怕字,倒是在失败者的借口中,常有此字闪现。

怕能激发人的生命锐感。有了这种锐利的生命质感,一个人就像上了赛场,站在起跑线上,所有的潜能,在枪响的那一刻瞬间爆发。置之死地而后生,有时是"怕"在其中起到了微妙的作用。

同事为了让自己的孩子考上好中学，逼着孩子学奥数，那是进校的必考项目呢。奥数难，难于上青天。奥数疯，疯过疯人院。于是，同事前引后逼，孩子哭天抹泪，上演了一出家庭哭戏。结果是戏剧性的，他的孩子居然从此喜欢上了数学，日后竟也考上一所著名大学的数学系呢。

　　还有一个例子。他是我的高中同学，各科成绩都还不错，唯有语文跟不上，这其中有一个原因是他怕老师在课堂上讲解鲁迅（周树人）先生的作品。其实，他也觉得鲁迅的作品好，但就是学不进，搞不懂。语文老师知道他的症结——怕鲁迅，给他开了一个"药方"：正视原因，勇敢面对。老师让他每天早上，大声朗读鲁迅先生的作品。怕了，不是坏事，怕就怕你怕了还选择逃避，那就永无出头之日。语文老师循循善诱，方法得当，成功消除了他对鲁迅的怕，继而，他喜欢上语文课，改变了偏科的毛病。

　　一个人由怕启程，可以走向成功人生的舞台中央，获取智慧之光。心中有怕，并不可怕，当怕来临，要勇敢地面对它，克服它，怕就会成为我们渡河之舟，腾飞之翼。

　　怕还有净化心灵的妙用。在人类不断演化的进程中，"有所为，有所不为"，是一根有益的警示红线，避免误入歧途。而牵引这根线的，正是人的敬畏之心。你看，怕的作用多么伟大！

　　这应是"怕的哲学"最玄妙之处吧。

探究是一座桥

百思不得其解的时候,那急于求成的心理,让人抓耳挠腮,心眼痒痒。人陷入这一状态,是思与解之间,横隔了一道深不可测的鸿沟。有诗云:"一桥飞架南北,天堑变通途。"那么思与解的桥梁是什么呢?探究!

从字面上理解,探究就是探索研究。科学是这样,生活也可以如此,当然,作为一名学生,在学习方面更应高举探究之旗,努力前行。探究的目的是什么呢?我们不妨玩一个文字游戏,从一个熟语里找到答案:一探究竟。是的,探究就是为了看个究竟,或者说通过什么方法去抵达那个"究竟"。西哲先贤亚里士多德的理论与之相似,他将探究归纳为:结与解。结,是结果;解呢,是形成这一结果的原因,或者通达那种结果的路径。

探究是一座桥梁。人在探究中成长,社会在探索中进步。在这桥的两边,一边是人的幼稚,另一边是人的成熟;在这桥的两端,这端是社会的野蛮落后,那一端是社会的文明昌盛。

当代青少年最应该亲近的正是"探究"二字。不可或缺探究之心,不能没有探究精神,不可荒废探究田园。我们在探究中摸爬滚打,于跌跌撞撞中,告别青涩与稚嫩,走向成熟和睿智。

我们的课堂，多少留有"填鸭式教学"的印记，难寻探究式学习的踪迹。填鸭式教学，学生的角色是被动的，典型的特征是你"要我学"！换一种情境，换一个方式，让学生通过观察或者阅读，去发现问题，搜集数据，形成解释，并终获答案，这就是探究式学习。这种方法把学习的主动权还给学生，变"要我学"为"我要学"，效果自然非同一般。

走在探究这座桥上，记知识，背答案，写作业，做试卷，就显得不那么重要了，关键在于要有质疑精神，善于发现问题，有思考的本领。破解问题，要有一追到底的勇气，不达目的不罢休，不出结果不撒手。

已故科学泰斗钱学森先生临终之际发出惊问："为什么我们的学校总是培养不出杰出人才？"这正是令国人倍感沉重的"钱学森之问"。

是啊，新中国成立70年，为什么我们看不到高端人才辈出的欣喜景象？为什么我们鲜有在国际舞台上叫得响、站得住的顶级大师？症结就潜藏于此——我们少了"探究之桥"。

我认为绝大多数孩子都具有大师的潜质，却因为在成长路上，少了探究精神，找不到渡河之桥，无奈被天堑阻隔在了这头，长大后，庸碌成像我这般凡俗的一员。

平　台

　　偶然之间，在某公众号里发现自己一篇旧作，下滑到最后，老天呐，居然有好几万的阅读点击。那一瞬间，不禁有些飘飘然起来，忘乎所以，甚至暗自佩服自己，随手写的小东西，原来也能引来万人围观。清醒过后，当然明白，这海量阅读与文章质量没有必然的联系，跟自己的才华更是没半毛钱关系，应归功于那个公众号。他们活跃粉丝众多，随便推送一篇，点击量也是惊人。

　　三年前，兴致勃勃地注册了一个公众号，苦心经营几度秋，越来越凋敝，越来越寒碜，鸡肋式的感觉，让我无可奈何。三年来，近千篇文章，最高点击不过万，最多点赞不破百。说白了，我这个公号狗就是自娱自乐，一个人揽镜自顾恋清影。

　　其实，那篇旧作，在我自己的公众号里，也推送过，百来个人阅读，落寞得像一条无家可归的流浪狗。与那个公众号好几万的点击，形成了鲜明对比，好比一个小学生在篮球场上挑战姚明，荒诞至极。

　　同样一篇文章，发布在不一样的自媒体，命运迥异，为何？平台不同而已。

　　记得某著名主持人说过，假如让一条狗天天在电视上露面，不出三日，也是一条名狗。他这自谦很有意思——自己好歹算个人，十几、二十年在央视抛头露面，岂有不出名之理？他的名声，固然与自己努力有关，但更要归功于平台好，平台大。

中央电视台有一句广告语——心有多大，舞台就有多大。一度深入人心。一个人心再大，没落在一个好平台上，你的舞台格局，人生格局，注定大不起来。同样的力气，你蹬自行车在春风里走了十里，人家轻踩油门，在寒风中早已跑到了百里之外。不是你不努力，也并非你不愿意，只是平台不一样罢了。

牛顿对平台曾不遗余力地夸赞。他从不觉得自己有多牛，清醒地认识到自己的平台好——站在巨人的肩膀上，所以望得更远，摘到了像星辰一样美好的果实。

巨人之肩，牛之平台，让牛顿收获满满。

平台再好再大，也要善于利用。自行车再慢，你开车挂倒挡，也无法追上人家。牛顿就算是站在天上，不伸手，星星也不会落在他的手心。

那一年，我在省城一家风光无限的报纸任记者，与我一同应聘的某位朋友不幸落聘，转而去到新创办的一家小报打拼。论平台大小，他的远不及我的；论采写功底，我也远在他之上。但结果呢？我只是一个普通的小记者，他却派头十足，摆出大哥大的样子，能吓倒一船人。他出门，只要超过50米，必打出租。请人吃饭，没个把大领导作陪，他绝不端酒杯。发稿的时候，他从不像我们这样以挣工分为目的，要是没拿到四位数的红包，稿子不发，或不撤。

那个年代，小记者个个叫苦连天，每人100份报纸订阅任务都无法完成。他一人竟然成功推销了数千份出去，成了本城新闻界热议的焦点。那些年，新农村建设尚未启动，他们县里居然把水泥路修到他老家门口。都在新闻界这个平台上混，我的影响力不出报社之门，而他居然辐射到近千里外的赣南老家。

都是一条新闻狗，人家浑身镀金，而我空守着一个比他好很多的平台，累成一条泥狗，拼命想泅渡到河对岸去，结果自身难保。他那无上光荣的"事迹"，告诉我们一个道理，牛人之牛不在于平台，而在于利用平台，玩转所有资源。

马云说："别以为自己有本事，没有平台你什么都不是。"其实，马云只说对了一半，如果没本事，就算你站在平台之上，总有一天你也会被踢出局外，变成一条过河的泥狗；如果有本事，平台就会像磁铁一样，将你吸附过去。平台很重要。

人这一生，说到底，还是要凭本事找到属于自己的平台，努力实现人生价值，要是找不到呢，就像马云那样，造一个平台，福泽人间。

一滴水的温暖

一滴水,承载着无比的重量,可心的柔;一滴水,透射出一种幸福的温度,奇异的暖。

一滴水,突显节约。有一幅宣传画,现在已深入人心,在一片干裂的土地上,只有一滴水艰难地落下,水之上,是人类那透着绝望的眼睛。一行字,声声如泣:如果不珍惜地球上的水资源,那么,最后一滴水,就将是我们的眼泪。的确,水是用钱买来的,但是,水作为一种资源,浪费之后,就将永不复回,覆水难收。一切生命,都有水在汩汩暗流。人们苦苦寻找外星生命,努力的方向之一,就是要找到水。水是生命之源,缺水,枯亡是唯一的结局。然而,环境一天天污染,气候一次次异常变化,水,已被人类搅得无法安生,命运难料。一滴水,弥足珍贵。节约每一滴水,于我们而言,是文明的传承,是内心的珍视,万古长青,融汇于小小的一滴。

一滴水,彰显圣洁。有一道脑筋急转弯,想必大家都能答对:请问,什么东西越洗越脏?对,就是水。水能去除污垢,涤荡万物,水能降沙除尘,清洁世界,哪怕自己污浊不堪,哪怕自己混浊一片。净是水的境界,时间是澄净的利器,终有一天,污水会变清,尘埃沉淀成泥。生而为人,像水一样,努力驱除污秽，清扫尘埃，由身而心地保持洁净，"质本洁来还洁去"。一个人，保持水一样的纯洁，心不贪，手不伸，坚守自己的良知，守护道德底线。并由此上升另一高度，制止不良行为，清除一切行动上精神上的污浊。圣洁如水，是心的境界，精神的珠穆朗玛峰。

有一则哲理故事说，智者往瓶子里放石块，一二块便充盈如实，再放砂粒，三四把填满石缝。智者问路人："瓶里还能装进东西吗？"路人摇头。智者笑了笑，接着往装满砂石的瓶中，倒进满满二杯水。这就是水啊，看似无处可容，仍流得进去，安坐如佛。所以，别以为没空学习，其实，挤一挤，时间总会有的。别以为琐事就忙不完，把效率提高，于游刃有余之中，张弛有度。关键是，我们要坚韧起来，要像水那样有一股钻劲，有一种永不服输的气度。

一滴水，低调入世。天下的水，都由高流到低，一直低到尘埃里，低到人们看不到尽头的大洋里。水一路向下，一路奔流，亦是一路自在，一路观景。向下，向下，再向下，水永远低调处事，冷静处世，它不攀高，不比阔，汩汩东流去，一心只慕一个容身的低处。低，能通往如海般深沉、辽阔的至境。一个人，如水般低调入世，定会心安天地宽，人生好景任徜徉。像水一样，低调做人，低调入世，就会有单纯的快乐，别样的幸福。

水是一种精神，水有一种境界。像水一样活着，给这个世界雕刻希望，留存洁净，烘托温暖。一个人，有水一样的至情至性，水一样的宽广胸怀，就会有水一样的温暖，暖人心，暖世界。

有价·无价

也许是守旧的缘故吧，他们更喜欢打电话，社交软件也用，斗斗图，发发表情包，偶尔用文字让深存于心间的爱意流淌出来，通过屏幕，流到对方眼里，住进爱人的心里。让他们痴迷的，还是电话那头传来的爱的声音。清晨，被爱的电话叫醒，一天好心情；晚上，枕着爱人的声息入眠，一夜无梦到天明。这声音的温柔，才配得上爱的浪漫。就这样，他们和所有的异地恋大异其趣，个性色彩浓厚。然而命运弄人，他们还是走到分手的边缘，因为他的一句话。

为省话费，他换了一个新套餐，流量不限，通话时长260分钟，比以往少了100多分钟，结果不到半个月，就收到提示短信，时长已耗尽，通话已达上限。如果手机会吃醋，他的手机一定会吃她的醋，因为所有打出去的电话，都是从山城重庆打给远在上海的她，这已逝的260分钟，正是他俩亲密无间的爱的时间。

他通过QQ告诉她，时长用完，下半月可能要缩短通话时间了。本想炫耀一下，主动打了那么多的电话，看我爱得多深啊！可是，这话落在她心里，就像一把锋利的刀插进肉身，有锥心的疼。

真抠门！不就是不想给我打电话吗？口口声声说爱我，心里却打这样的小九九，恶心谁呢？她没有明说，更没质问，不过态度来了180度的大转变，像烧红的铁，经历淬火，迅速冷却，生硬起来。凉透的心，才会招来这透凉的局面。

他反复追问，无果，打电话过去，不接。直到有一天，收到她发来的聊天截图，才知症结所在。赶紧编写一条解释信息，点击发送，才发现对方已不是好友了，申请加好友，遭拒，显然被拉黑了。打电话过去，对方占线，一直打，一直占，这也拉黑了。

转变，只因她收到一个快递，是他从重庆发过来的，本打算原样退回，思来想去，还是抱回宿舍，满心好奇，打开一看，竟也惊喜万分。是她中意的那款电吹风。看过无数次的宝贝，一直不敢下单，太贵了，双11大促，都要3999元。欣喜让她将冷酷抛在了脑后，主动打电话过去，轻柔地问："怎么知道我喜欢，从没跟你提起过呀！"

他说："你发截图的时候，系统自动弹出了这款吹风机的广告，就知道你看过多次，肯定是你喜欢的啦！"他正要说——还觉得我小气，舍不得电话费吗？其实，心都可以掏给你，区区一毛九的套餐外话费又算得了什么。还没来得及张嘴，信道那头传来她满含嗔怪的怨言："以后要俭省一点，我们该用钱的地方还很多呢！"爱到深处，"我"不见了，"你"也消失了，取而代之是"我们"。

他是我拐了多道弯才认识的一个年轻朋友，在重庆上大学的时候，与来自上海的师妹相恋，毕业后，他留在山城，她回到父母的城。如今，长达三年的异地恋长跑，到了完美的终点，终成眷属。爱的栖息地，选在天堂之城杭州，今年过年的时候，这对有情人就要变成三口之家了。

爱的世界，价钱这玩意是个敏感的杠杆，容易撬动出名为怨，恼，厌，愤，恨的池水，掀起惊涛恶浪来。如何去除这一杠杆？路径只有一个，透过价钱，看见价值，就像到了明心见性的时刻。

这跟我另一个朋友在爱尔兰的遭遇何其相似。朋友随中国教师海外研修团到访都柏林，像打开一扇窗，精彩扑面而来。在著名的三一学院（Trinity

College），一群人静思研修，汲其养分，丰富自己。

  有一次，朋友出门逛街，在一家服装店里，相中了一件风衣，折合人民币才59元，价廉物美，超乎想象。可惜，没他穿的码，最小码披上身，都像是小孩子在试穿大人的衣服玩，又可爱，又滑稽。店员告诉他没有他穿的尺寸，耸耸肩，双手一摊，一脸无可奈何的表情。朋友不死心，得空就是去那服装店看，问小码有没有到货。到后来，店员见到他都会用中文对他说："对不起，没有啦！"懊恼，埋怨，气愤等诸多令人不爽之垃圾情绪，轮番袭扰他，严重影响学习。直到那次上图书馆，迎面遇到一个巨幅宣传海报，才因此顿悟，彻底放下。

  海报上，赫然印着一个设问句。翻译成中文，意思是，"什么是愤世嫉俗？一个人只知道所有东西的价格，却不知道任何东西的价值。"（"What is a cynic？""A man who knows the price of everything and the value of nothing."）作者是三一学院1874届男校友，来自都柏林的著名作家奥斯卡·王尔德（Oscar Wilde），他的小说、剧作和儿童文学作品风靡世界。他的童话《巨人的花园》至今仍是中国小学生的必读物。一语惊醒梦中人。就因为价格低廉，乱了心，痴迷不已，连学习的时候都产生恍惚，这怎么行呢？原来，是愤世嫉俗惹的祸，只见价格，不见价格之外的价值所在。朋友顿悟了，再也不去那店了，彻底放下了那件可意且可心的风衣，对价格的痴迷，让位给了对学习的专注，对人生价值的终极追问。

  告别愤世嫉俗，从忽略价格，认识价值开始，顺此方向走下去，漫漫人生路，风景也会迥然不同，遇见前所未见的美好。在洞悉了有价和无价后，人心澄澈如第一片初雪，人间爱纯粹如一弯新月，世上所有的生命，也因明心见性，才有纵深之感，通透之意和豁达之境。

流水不争先

　　10岁那年,我开始上三年级了。村里流传这么一种说法:读书读到三年级,爹妈管教要加紧。开学之初,村小的老师来到我家,对我的父亲母亲说:"你家的伢子读三年级了,对他的学习要抓紧一点,管严一点,三年级是一个关啊!"此后,我去上学的时候,母亲总不忘叮嘱一句:"在学校里要好好读书!"在这之前,她总是这么说:"在学校里莫跟别人打架!"

　　一个星期天,母亲提着桶子到门前小溪里去洗衣服,我夹着语文书也跟了去。我坐在溪边一块岩石上,捧着课本一本正经地朗读。母亲停下手中的活,对我说:"宏仔还在看书哇?"

　　我说:"是啊,老师说要抓紧点嘛!"

　　母亲指着溪水说:"古话说得好——流水不争先。读书不能靠一时性急,想读就猛读一气。你看,这水慢慢地流啊流,它不去争先后,而是在一点一滴地积蓄力量,到时候,有力量了,还在乎什么先后呢?"

　　我问:"妈,你是不是不要我看书啊?"

　　母亲说:"不是不要你看书,而是该看书的时候就好好看,该玩的时候就尽情地玩。你越要争先,越争不到先,做什么事都要慢慢来,一口吃不出一个胖子！"

母亲的话一说完，我就扔下书本，一头钻到皂角树林里，采摘皂角。在我看来，那是再好玩不过的了。那个阳光灿烂的上午，我在皂角树上尽情地享受着玩耍的快乐，母亲洗好衣服的时候，我的衣服兜里装满了青嫩的皂角。

从此，我的脑袋里装下了这么一句话：流水不争先。

仪式感

2008年"春晚"之后,赵本山闹出了一个很大的动静。他在收徒弟的时候,搞了一个场面浩大程序繁复的收徒仪式。这一古老仪式,差不多淡出国人视野,冷不丁地被本山大叔搞出来,让不少人心生烦怨,甚至愤怒来。想起仪式,我不由得想起几件小事来。

曾与一伙朋友吃饭,我们乐乐呵呵准备开筷举杯,一位女性朋友却双手合拢,双目微闭,嘴里念念有词。明明是我做东,她却在感谢主赐予美食。当时,颇为愕然,直到经历了太多浮泛的世事,才深深感觉到一种仪式能长年坚持,是多么不容易,多么值得我们去尊敬。

还是吃饭,一位朋友在丈夫死后多年,每次开饭,要么她,要么女儿都会为故去的亲人摆一副碗筷。人虽离去,一家人仍吃团圆饭。开始她这么说,我们都感觉特怪异。多少年后,她说,还在坚持。才知道,把一种仪式融入自己的生活,其背后必有磅礴的爱在作支撑的,必有宽厚的情在作铺垫的。

有一则新闻,让很多人痛骂其作秀,说的是某公司老板,在年终颁奖大会上,除了发红包外,还送上一份特殊的礼物——老板亲自为受奖员工洗脚。我们都知道,被老板洗一次脚,是不值几个钱的,至少,不如多发一百块钱来得实惠。但是，和被洗脚的员工一样，更多的人认为此一举，价值千金，因为这一洗脚仪式里头透露出的对员工的尊重与善待是再多的金钱也买不到的。我倒是乐意看到将为父母洗脚的仪式纳入中小学道德教育中，让更多的孩子在为父母洗脚的时候，体会父母的不易，并永远记住敬老与孝顺。

仪式是相当能锻炼人的，它在一种庄严的气氛中，涤荡我们心灵里污浊的空气，洗涤我们道德空间里的阴霾，让我们在或隆重或平凡或庄严或轻松的仪式中，回归自然，找回真我，并捡拾那一枚开启真善美的钥匙。

仪式是短暂的，那种点状爆发，像烟花一样，难以持久。我倒希望仪式的那种净化功能，能以"仪式感"转存于我们的内心，让我们凡事有所敬畏，于尘世生活中，亲近神圣，走向崇高。

书之四味

1、舒

上学的时候,有一个雅好,睡觉时,用书作枕,呼呼大睡,以为梦里有书香,以为书里的字会由梦境吸收,省得再去苦读苦背。谁料,却是清梦无痕,醒时,反而硌得慌。

喜欢陕西作家陈忠实的一句话,写一本可以带进棺材作枕头的书。皇皇巨著《白鹿原》让作家圆梦,但他仍是笔耕不辍,或许又在期待下一本吧,最好的永远是下一部。看来,用书作枕,不单是鄙人一个人的癖好。

其实,书硬且活动能力超强,作为枕头,确实不是"题中应有之义"。拿书作枕,就犯了擅自扩大内涵和外延的错误。修正错误,就是要拿枕头作枕了。然而,每每睡觉前,总要胡乱翻几页书,不翻就浑身不舒服。读书读到自然眠,闲书落满枕边。醒来一看,或多或少,还是枕了书,皱了几页,小心地抚慰,心疼不已。

书是不能折页的,看到哪就在哪页折书角,不是爱书人之举。所以,书签是不得不备的。每到一处风景名胜,别人买敲背按摩的,我就买用干花野草制作的书签。夹进书里，自然之香，和着书香，美着呢。

自家的书，当然不能借，坐拥一座"书城"，那才叫舒服，少一本都不行。这座城，我可修得不容易。现在的书定价高，买一回书，得省一两个月的零花钱才行。遇好书，再贵也会买，清人李渔《闲情偶寄》实在是喜欢，花好几天的工资，毫不含糊，才把它买下。在香港的超市发现几本好书，哪怕100港币一本，也悉数购回。好书就像美人，看着就舒服，看不够，就买回家珍藏吧。

我家的书柜已无空位，新购的书，都密密挤挤摆在书桌上，抑或疏疏落落地遗在沙发、茶几、枕上和床头柜上……就像老婆面对一柜衣服总感叹还缺那么一件一样，我面对一柜子书，永远感觉还缺一本。因为缺少，所以期待，书给予的舒服之感，便从昨天到今天，绵延至未来，终将相伴到永远。

2、候

曾经，每每打开书柜总会感叹一声：什么时候，自家的书柜能摆上一本自己写的书呢？叹完之后，便摇头自语：我等出书，怎么可能？

坚持自有回报。写了10年，终于在2005年8月，出版了自己第一本书，书名颇具绕口令的意味：《不可能的可能》。李宁说：一切皆有可能。我则进一步解释：不可能里也有可能呢。头一回看到封面上有自己名字，后面还跟着一个"著"字的书，满心欢悦。放进书柜的时候，终于明白过来：不可能，时机成熟就会转向可能的。

样书到手之后，送了一些给长期合作的编辑、一直关注自己的文友等。随后，便涌现了一支长长的索书队伍。见面就有人说："出了书也不送一本？太不把我当朋友了吧。"后来把省内新华书店所剩的20本全买来，不到一周，全送完了。真是快啊，一本本书，像轻盈的燕子，倏而飞远。

2006年6月，第二本书《没有爱到不了的地方》出版了，为了应对索书人，我索性向出版社定购100本。短短一个月，就派送完了。还是那个字：快！得之快，丢之也倏。

每当碰到受书之人，他们大都会友好地说一句："你的书写得真好！"而我若真诚地问一声："让你印象深一点是哪一篇呢？"他或王顾左右而言他，或支吾过去，鲜有人立马报出一个篇名来。显然，他们看过封面封底之后，也许，内页连翻都没翻。

记得贾平凹先生曾在一篇文章里举了一个例子，一作家签名将自己的心血之作送给索书之人，不料，来日在收废品的老头那里看到此书，便掏钱买了回来。然后，他签上"某某又赠"的字样，把书又给那人送去。看后，让人感到无尽的辛酸，为何读书人要作践写书人？

联想到自己的书，可能被人丢得更快，便明白，所谓一本书流芳百世，于绝大多数作者而言，不是天方夜谭，就是痴人说梦。自己的斤两自己最清楚，不是写一二本书，就有曹雪芹的气质和狄更斯的素养的。

正因为自己的书，倏而远逝，所以，每一次着笔之前，不敢倦怠，不敢轻慢。

3、疏

不知是什么时候迷上电影的，此幕一开，与书便不知不觉疏远了。以前看电影是上影院，现在是在电脑上看。在市场上买压缩碟，5块钱一碟，一碟5部最新国内外电影，看起来，相当过瘾。

电影是90分钟的艺术，浓缩人生精华。身边不少写字的朋友和我一样都爱看碟，在电影里吸取营养，寻找灵感，来丰富自己的写作细胞。甚至有些著名作家批评某些小说家，不搞原创的东西，偏要到好莱坞觅灵感，炒人家的冷饭。此话听了，并没有往心里去，任电影情结，在心里凝结成团，汇聚成露。

一段时间，我在书房用电脑看美国、韩国、印度、伊朗等国的电影，一个汩流不止，一个心惊不已。在我看来，电影是凭借让人心惊而取胜的，画面、音乐让人感到震惊，或者故事情节让人惊怵，表现为感慨、感动、感伤……

就这样疏远了书，总期盼日子过得像电影式的一波三折，提笔著文，总想怎么铺垫，怎么转折，怎么让人惊心动魄……写出来的文章却是那么别扭，像个"四不像"怪物。

生活是平淡的，书的韵律和着一种清淡，淡出真味，淡出美味。看来，电影再好，书亦是一天也离不得的。

4、输

清理书柜，旧报刊成了首批处理品。旧报纸粗略检视，然后混入本地晚报都市报一同作废纸出售，旧杂志自感能值几分钱，不舍得扔，便请老母亲拿到我所从教的大学里低价出售。

头一天，母亲报喜："今年出版的几本杂志一元一本卖掉了，得6块钱。"

第二天，母亲感叹："旧杂志摆在食堂门口，来来往往那么多人，看都没人看，问也没人问。"

第三天、第四天……仍然如此。

我有点不信，4000多名大学生，5毛钱一本或一块钱一本的旧杂志居然问都没人问？母亲见我疑惑不解，对我解释说："我也喊他们过来看，大声地叫卖，但学生都说，没钱。"但是，他们上网、玩手机、吃水果、喝可乐、请客吃饭就有钱。我所从教的大学，因为基建尚未完成，图书馆阅览室暂未开放，学生业余看课外书，只有极少一部分去江西省图书馆，大部分人课余时间就是上网泡着或者谈恋爱耗着。

课堂上，我曾向6个班同学问同一个问题："每个月，你们买书刊的费用是多少？"结果让我震惊不已，绝大部分同学是零，个别同学偶尔买一买《读者》《青年文摘》，也都在10元之内。学生们还有一个理由：读那么多书有什么用？大学里读这么多规定的书，找工作都不一定有用，谁还愿意读课外书？

有数据显示，中国公民阅读率已连续几年在下降，想想，在校大学生尚且如此，能不下降吗？书与输，画等号了，为什么会这样？难道仅仅是同音吗？不知是谁说了："一个不读书的人，会后劲不足，一个不读书的社会，会渐失和谐。"

离书太远，离输，也许，就真的不远了。

不要透支别人对你的善意

12年前，我在于丹老师担任总策划的某杂志做小编辑。初入行，稿源缺乏，让我很是头痛。幸运的是，认识了一些也写稿的编辑同行，比如汤姐。有一期快要截稿的时候，我主管的"看碟"栏目，连送几篇都被毙，让我慌得像热锅上的蚂蚁。打电话向汤姐求助，第二天她便将电影《U—571》观后文字传真过来，主编很爽快地签发了。

转眼新一期又要交稿了，"看碟"急缺稿，我习惯性地又拨通了汤姐的电话。她说："我不是专门写影评的，上次是纯粹帮你。你得发现甚至培养自己的作者队伍，不能老指望我对你的帮助。"她的这番话，让我明白了——陷入困顿，找朋友帮一次，无可厚非，但从此依赖上了朋友的善意，显然就不合乎常理了。

后来，我离开了杂志社，跳槽到一家报社做记者。七月底的一天，接到黎凡的电话，她说正策划做"八三男人节"的新闻，邀请我们报纸一起参与。我无力做主，便把我们主编的办公电话告诉她。以为这事就完了，没料到，她一天好几个电话，找我问询。我烦了，对她说："我只是一个小记者，这样的策划我做不了主。你这样催我，有什么用呢？"那一刻，我感觉到深深的厌烦，并理解了汤姐当时的心情。是的，人不应该让别人对自己的善意产生依赖！也是我们有缘，后来，我们仨在南昌相逢成了好友，如此天各一方，友情不减。

不是每个人都能遇见善良率真的汤姐，也不是每个人都能像汤姐那样推心置腹地说出知心体己的话来；不是每个施予善意的人都会心情舒畅，不是每一个善意都是那样的通体温暖，所以，不要让别人播撒于己的善意，成了人家的负累。

善意是朵娇艳的花，经不住毫无节制的风雨，无休止地摧残。别人的善意是晨曦中草尖上的那一滴滴露珠，美则美哉，要去珍惜，切莫当作凉白开，拿来解渴。

大美有缺

远房亲戚陪女儿来南昌看病，怕被人骗了，叫上我壮壮声势。

爱美之心人皆有之，女孩尤甚。她素面朝天多年，一直没在意，临近婚恋，才急慌慌来看病。"病"得比较特别——脸上有拼图样的疤痕，是儿时打碎饭碗割伤所致。乡卫生院缝针哪能顾及美观？疤痕在脸，实在突兀，原本样貌气质俱佳的她，有了这无法弥补的缺憾。

医生说："手术可以做，但完全消除疤痕不可能。"听到这个，亲戚心里颇有不甘，花几千块钱，怎么还会有疤痕呢？女孩的脸上愁云疑云堆卷，像恐怖片中欧洲古城堡一般森然。医生对我说："你是有文化的人，应该知道我们医生不是神。能做到什么，我就承诺什么。做与不做，你们自己拿主意。"我用方言替亲戚释疑。犹疑复犹疑，女孩决定不做了。

他们要赶火车回家，我送他们上公车。我和亲戚一直走在前面，回头却发现女孩不见了。原来她呆呆地站在医院门外的书报亭前。亲戚折回，问她："在干什么？"女孩说："妈，我要买本书！"亲戚责怪道："又没上学，还买什么书嘛！"女孩固执己见，要了一本最新的《读者》，经我推荐，又买了一本有我文章的《特别关注》。在公交站台等车，遇一老人磕头乞讨，女孩将买杂志找回的零钱，投进前面那个破搪瓷碗里。

书与爱天然含香，那一刻，这个脸有疤痕的女孩顿时散透出一股奇异的暗香，精致怡人。大美在心，哪怕面部有缺陷，但同样衬得她真实可爱，也更美。

《读者·原创版》一个编辑朋友讲了一个"字典李"的爱心故事，听来颇为新鲜。2011年底，朋友和编辑部同仁到甘肃省会宁县采访，回来后，杂志推出重磅报道《光环下的独木桥》，感动了无数读者。在上海打工的小伙子"字典李"读了文章后感同身受。年少时，他家贫上学困难。大学毕业后，他回老家做代课老师，教的孩子也穷，心酸之余，却深感无能为力。之后，"字典李"去上海打工，看到那篇报道的时候，单位正好发了年终奖，厚厚一沓钱，着实兴奋，一激动，便网购了1200元的字典，送给会宁县贫困老区的孩子。

孩子们收到字典后，朋友打电话告诉"字典李"。谁知这个80后的小伙子说，下了单后，突然深感后悔，可已在网上成功付款，没有退路，只好作罢……这段小插曲的B面，似乎佐证了"字典李"的爱心缺乏足够的纯度和浓度。其实不然。这个小小的瑕疵，还原了一个真实的人，见证了这次爱心付出的本真历程。

人人都有私心杂念。爱心人士在捐赠的过程中，偶尔思路开个小差，心里拐个小弯，并不影响爱的博大、心的瑰丽！一次犹疑，一丝后悔，在爱的付出中，算是缺点，但绝不是污点。正是这个缺点，映衬出一个可爱的、立体的、生活化的真实的人来。"字典李"事后那满含悔意的捐赠，是一场真实的爱心行动，生动地诠释了慈善、奉献和爱的本来面目和本真意义。

小时候，村口一块老旧石碑上有古人镌刻的"求缺"二字，一直不明其义。俗世里，染了一身沧桑后，到如今，算是领悟了。

脸有疤痕的乡下姑娘美在书香缕缕绕绕爱心；后悔捐赠并真实说出来的打工小伙美在真实无遮蔽；断臂的维纳斯是美的，神性一般的气质盖过身躯之缺；凝雨的乌云很美，它的周围镶了一道灿烂的金边；甚至害人不浅的沙尘暴也有美丽的一面，因为它会给我们制造出孕育生命的新土壤……

月，因缺而美；美，因缺而真。从疤痕女孩到"字典李"，遗落在他们身上和心里的缺陷，是给"美"最好的搭配。金无足赤，人无完人，同理，所谓的"完美无瑕"其实是个彻头彻尾的伪命题。

大美有缺。

与未来同来

　　一个名叫"千年虫"的幽灵，像一团迷雾萦绕在人们通往新千年的路上，裹挟人类命运，高悬于天，仿佛一个急降，碎成万片，世界为之覆灭。人类为之捏了一把冷汗。

　　这个幽灵，源于计算机设计之初的一个小疏忽，采用"MM—DD—YY"格式计时，年份只预留了两位，1999年是其无法逃避的终点。全世界的信息都记录在这样的硬件上，混乱像瘟疫一样即将大爆发，银行利息瞬间变负数，机场、铁路、公路等将乱成一锅粥……危机四伏，天下大乱。然而，时间不紧不慢，来到了1999年12月31日23时59秒，再过一秒，火车没有相撞，飞机没有偏离跑道，银行利息仍安安稳稳躺在储户存折上。所谓的"世界末日"，并没来临。如约而来的，是中国成千上万的"世纪宝宝"，给千万个小家庭带来欣喜和快乐，给古老的中国标注了新世纪的新元素。人们习惯性称他们为"00后"，圆滚滚，热乎乎，孕育家国复兴的希望和力量。

　　成长路上，他们见证了汶川惨烈的震殇，也感受到了北京奥运的绚烂；他们对天地同上一堂课，满心惊奇，对"村村通"公路的喜讯，满怀激情。他们习惯不向父母伸手要钱，扫一扫，滴一下，诸事搞定；他们喜欢出去走走看看，坐上高铁，陆上飞一飞，转瞬千里；他们要听什么歌，要见什么人，要做什么事，摇一摇，摇出人生如意。他们是新中国成立以来，最幸福的一代，物质渐趋富足，精神渐抵富贵。这一切，得益于一个字：通。

物质通，通富裕；人员通，通人情；信息通，通交流；网络通，通财富；爱心通，通博爱；天地通，通未来。就连他们一日也不能省的快递，公司名字也是申通中通圆通，路路通，顺顺通，通达幸福终点。

中医有"痛而不通，通而不痛"之说，一个社会，因为畅通，走上富裕之道，便指日可待；一个民族，因为联通，踏上复兴之路，就在眼前。中华振兴，一代接着一代干，到了"00后"，就无比接近幸福的中心。

世纪宝宝，从物质蜜罐跳出来，而今成年，开始了与前辈们完全不一样的人生之旅，精心打造有"00后"标签的精神蜜罐，创立无愧于时代的中华复兴史。也许他们还有这样那样的问题，但是不打紧，就像计算机"千年虫"问题那样，我相信时间会给出完美的答案。

十八年后的他们，承载着中华民族复兴的希望，接过前辈们的接力棒，奔跑在路上；十八大以后的中国，凝神聚力，把富强、民主、文明、和谐的美丽之凤冠戴在每一个国人头上。

与未来同来，是幸福、文明、美丽……2035的你，是我们未来最好的见证。

显影人生

　　一张图，两个人，两种境遇，对应两个关键词：熟悉和陌生。熟悉的掌印，陌生的唇印，印刻涓滴过往，记录成长世态。

　　俗话说得好，人在江湖飘，哪个不挨刀？套用这个说法，成长路上走，谁人不挨揍？曾几何时，耳光于我，是家常便饭。不听话，啪；不好好听课，啪；考砸了，啪……耳光啪啪响，伴我一起成长。

　　儿时，小孩挨几记耳光，甚至一顿揍，大家早已见怪不怪。家长把孩子送到学校，对老师常讲的一句话说："好好管管我孩子，不听话就给我打，我不会说你打坏了。"好像，打才是为了孩子好，不打不成教育。为了所谓的"为孩子好"，再不堪的手段都敢用，都会用，且得心应手。

　　时至今日，教育孩子的办法也许跟我成长的遭遇不一样，但究其本质，并没有得到彻底的改观。现在的父母不舍得打孩子，就改为骂了，气不择言，什么难听的话都说得出口；现在的教师不敢打孩子，换成"冷处理"——把你晾一边去。骂与晾，是打耳光的升级版，形态不同，其质如一。

　　如何判断孩子的好，最直观的是分数。多年来，学生们感叹着这么一句："考考考，老师的法宝；分分分，学生的命根。"后来呢，有人续上一句："打打打,家长的王法;哭哭哭,我们的应付。"

分数为王,不仅在学生心中深深扎根,更是天下家长和教师的共同又无奈的选择。分数铺就了一条康庄大道,终点辉煌,如人所愿。加之,"不能让孩子输在起跑线上"等理念盛行,还有几人能在分数面前,淡定从容?

分数是人生的"显影液",操持在谁手上,谁都有洞悉一切,指点江山的优越感。没考满分,不行,分数掉下来了,更不行,怎么办?给他一个耳光呗,让他长长记性,买个教训!分数见涨,学习进步了,好,亲他一口!就这么简单明了,黑白分明。

判断一个孩子的进步,规划一个学生的未来,分数真的有那么重要吗?未必。网络上流传着两份名单:"第一份:傅以渐、王式丹、毕沅、林召堂、王云锦、刘子壮、陈沅、刘福姚、刘春霖。第二份:李渔、洪升、顾炎武、金圣叹、黄宗羲、吴敬梓、蒲松龄。"前面九人,你能认识几个,后几位呢,你有几个不知道的?

答案很滑稽,后人不知的全是清朝的状元,至今令人敬佩的那几个人,都在清朝的科举考试中,败下阵来,名落孙山。

然而,时光却在他们当中,划出了另一条截然不同的分界线,一边默默无闻,另一边世人景仰。分数可以显影孩子一时之得失,却无法区分一个人未来之高下。

人生处处有山丘。歌星李宗盛唱道:"越过山丘,才发现无人等候。"古人云:"一山放过一山拦。"人生不是一场接一场的考试,而是一座又一座的山丘,经受住一次考验,前面还有更高更多的山,等我们去攀登。

分数之外,个人的兴趣、爱好、性格、品德、勇敢、善良和毅力等等,综合考量才能评定出一个人的能力和实绩,真正做到小误差地显影人生。

吾心为悟

翻开中学课程表，面对所有课程，最有微词的，当语文莫属。有些人好像怎么使劲都不能把语文成绩提高，另有一些人看似根本就没怎么努力，但语文成绩一直不错，这到底是为什么呢？

君不见，各类辅导机构，杂花生树般的补习班，哪有语文的身影？这又为何故？补一场数学，分数会随之上涨，补一节理化，变化也能一眼分辨，但你若要是去补习语文，同学笑话不说，任天下再好的名师，也不能在短时间内把成绩提上去。这就是事实，是冷冰冰的现实。

其他课程，只要方法得当，外加努力，短期内做足够多的题，立竿见影。语文就不行，因为它本就不是用分数来衡量的，真正的标尺是一种名叫"素养"的东西。语文素养高，就算不怎么学习，成绩仍会优秀得让人羡慕忌妒恨；若是语文素养欠佳，任凭你使出吃奶的力气，也不一定达到满意的效果。由此可见，若想要语文成绩棒棒的，提高语文素养才是唯一的正途。那么，怎样才能有效提高一个人的语文素养呢？

途径无外乎三种：课堂有效教学、课外大量阅读、社会生活实践。这三样我最看好的是最后一种。课堂教学也好，课外阅读也罢，皆外化于形，唯有社会实践，才内化于心。

古人云："吾心安处是吾乡。"我想说的是，对于语文学习而言——吾心在处是为悟。悟是提高语文修养的最佳方法。有道是："读万卷书不如行万里路；行万里路不如阅人无数；阅人无数不如名师指路；名师指路不如贵人相助；贵人相助不如自己去悟；自己不悟神仙也难救。"读书，行路，阅人，指路和相助，诸多路径，百法试遍，都不如用心去悟。要是不去悟，神仙也救不了你。

学好语文并不难，关键在提高语文修养；如何提高语文修养，也不复杂，只有一个字：悟。古人造字很有先见之明，吾心为悟，只要用心去体会，去感受，去思考，就到了悟之境界。一个人，一颗心，是为啥呢，无非"悟"罢了。吾有心一颗，思考为了"悟"。

同样一片树叶，因秋风而落。不悟，你只觉得地上又多了一片垃圾；悟了，杜甫发出"无边落木萧萧下，不尽长江滚滚来"的感叹；李白呢，独立清秋，低吟道"秋风清，秋月明，落叶聚还散，寒鸦栖复惊。相思相见知何日？此时此夜难为情"的悲叹；沈佺期则喟叹"落叶流风向玉台，夜寒秋思洞房开"。有没有悟，高下立判。

提高语文素养，课堂学习当然必不可少，课外阅读也非常重要，当然，在此基础上，能用心去感悟，倾力去领悟，努力达到醒悟之境，就没有爬不过的高山，涉不过的河。

"闻道有先后，术业有专攻。"悟道有浅深，全凭一片心。用心者，自会炼成非凡悟力，推高自己的语文修养。

第四辑

生活有清欢

一个人把所遇的一切当成初见,会有欢喜心,从而幸福满满;
把所有的人事当成诀别,必生怜悯心,从而更加珍惜。

打开生活的另一种方式

我被一张截图惊呆了。

这是著名小说家安以陌发在朋友圈的手机界面截屏,上面显示:QQ未读消息5475条、手机短信286条、微信38条、微博1300条、某助手63条、邮箱1条,手机暴露了她的生活习惯——QQ几乎不用,微信偶尔一用,邮箱用得比微博多。安以陌为此配文:"又到了卸载重装APP的时候了,处女座都不能看我的手机。"

是啊,追求完美的处女座怎么能容忍这乱七八糟的界面?就算不是处女座,其他星座的人见到那么多红底白数字,又有谁能控制住自己的手,不去点开它?估计只有神仙了。但是,安以陌同学就做到了,像是传说中的小仙女一样。数千条未读信息,提示数字红遍手机,独霸天下,我自岿然不动,该干什么就干什么,心不为所动。

就算微博等APP与线下生活比较远,那286条手机短信,可是齿轮一样把生活咬合得严丝合缝,她这样置之不理,真的好吗?不会影响正常生活,正常社交吗?真替她捏一把汗。

换作我就算没有任何提示,每天必刷无数遍各种社交、资讯类APP,像鸡啄米似的，点点点，好像不点就无法把光阴打发走似的。特别是发工资的日子，还不见银行发信息来，焦虑得人坐立不安，频频跟同事打听发钱了没有，在工作群里打探怎么还不放饷。

寂寞的时候，登录各种社交软件，翻阅手机通讯录，找不到一个可以发个笑脸的人，于是无病呻吟，感慨一番："熟人那么多，可以说上心里话的没几个；喝酒的时候个个豪言壮语，深更半夜接你电话的一个都没有。"

现在的手机已经不是通信工具了，安装了各种APP，它就是无敌天下的掌中神器，上天入地，勾连世界。没有手机，在这个世界几乎寸步难行，对于我等庸碌之士，丢魂可以，丢人也未尝不可，丢了手机，那是万万不行的。

打开生活的方式，渐渐简化成打开手机，点击各种APP。它将目光深深牵引，让人片刻也不能离开。它像是磁石一样，把手指吸过去，点点点，让人根本停不下来。"低头族"，早已超越了国界、种族、肤色和语言等重重障碍，把全人类统一成一个单一的族群。

无手机，不生活。打开手机，有时成了我们打开生活的唯一方式。但小说家安以陌让我看到了打开生活的另一种方式——不打开手机。当各种APP的红色提示多达千条，让人无法直视，她的选择仍是不点开，而是直接将信息爆棚的它们卸载，重新安装。手机重启之后，界面为之清爽，一切都消停了，世界也就安静了！

打开手机，被手机绑架，成了多少人的日常？手握手机，还能不能意识到——不点击APP，也是一种生活？当一个人的大部分时间与各种APP纠缠不清，那么，它便无法腾出时间来做别的更重要的事情——陪伴家人，学习充电，追求梦想等。一个人的精力就那么多，上天给我们的时间都是24小时，你玩手机的时候，得到的某种畅快，失去的是一去不复返的时间。而原本，这些时间是可以用来做别的事的。就算什么也不做，发个呆也好啊。被手机绑架的生活，连发呆都是遥不可及的梦想。

一个人连手机都放不下，总有一天会发现手中握的不再是手机，而是手雷，燃爆的那一刻，将整个生活炸翻，面目全非。

安以陌不碰手机，不点APP，而是以另一种方式打开生活，从而，这个世界为她树立起一座文字丰碑——出版长篇小说《清梦奇缘》《时空错锦凤成凰》《陌上云暮迟迟归》《神偷俏王妃》和《到此剧终》等十余部，影视剧多部，其中《神偷俏王妃》等走向海外，给外国人讲中国故事。

作为一名曾经的媒体人，早几年，安以陌就已不愿把光阴浪费在采访路上，也不想在制作节目的过程中虚度光阴，毅然辞职，一心一意写自己想写的小说，编观众喜欢的影视剧，终成一代小说大家。她的长篇小说和剧本属治愈疗伤类，以"用温暖的笔触书写残忍，让绝望中的人可以读到希望"的文风，吸引了庞大的粉丝群体。这一张截图，于她，是随意的一个小感叹，于我，却有洪钟大鼎的警示，让我看到了打开生活的另一种方式。

喜欢木心先生的诗句："岁月不饶人，我亦未曾饶过岁月。"铮铮誓言，充满了一个男人面对浩瀚宇宙、面对未来的绝对自信。冷落手机的安以陌，面对世界，想必亦有同样的自信吧。一个人倾注全部精力在手机上，与数不胜数的APP亲密接触，不离不弃，时间就在屏幕上悄悄溜走，染白了青丝，苍老了容颜。总有一天，会情不自禁地感叹岁月不饶人，两手空空，一事无成，后悔没有可圈可点的人生业绩刻进岁月，照亮芳华。反省自身，就那么打开手机，轻饶了岁月，蹉跎人生。

从今天起，不妨学学安以陌，任APP提示千遍，我心兀自不动，把手机放一边，做自己想做的事，见自己想见的人，向着黑暗处闪着理想之光的方向，勇敢奔跑。

不打开手机，是打开生活的另一种方式，给我们提供了另一种可能。

活着是一种福

夜里，我骑单车赶回家，途经南京西路，一人骑着摩托车风驰电掣从一家医院那头驶来，险些与我撞个正着。所幸的是摩托从我的左侧轻擦过去，车车相挨，未伤皮毛。我本能地跳下车，未及开口痛骂一句，他已在我的身后撞翻一位老人。借着泛黄的路灯光，我看见老人无声地倒下，瘫在深秋冰凉的大街上，一动不动。老人没发出一丝呻吟，痛至极处往往无声。而骑摩托车的那人却像没事似的，驾云而来，乘风而去，红色的尾灯消失在茫茫的夜色之中。

老人周围立即围上一圈过路人，有人拿手机拨110报警，打120求助，有人默默地记下摩托的车牌号码。不到十分钟，警笛长鸣，巡警和医生火速赶到。老人被抬上救护车的时候，已不怎么动弹，救护人员对他喊话，也没有反应。此刻，老人生死未卜，生命如风中的残烛。我从老人身边路过的时候，他还是一个行走自如、精神矍铄的人，几秒钟后，便转入另一番境地，这是他无论如何也料想不到的。生命是如此脆弱，一次小小的意外也让它承受不了。

时间上溯几个小时，东湖路一间出租的民屋，一名余姓男子用刀捅死一名顾姓的女了，随后自刎。通过电视画面和报纸图片的介绍，那血淋淋的现场，看后让人觉得恐怖，令人毛骨悚然。如果说这是一起有预谋的血案，生命是被人为地终止，那么时间推迟几个小时，远近两大灾难，更能体现生命的渺小和脆弱。丰城市坪湖煤矿发生火灾，38人被困在井下，死生难料；台北市桃园机场新加坡航空公司SQ006班机坠毁，78人不幸遇难。

　　灾害无情，生命无依。面对残酷的灾难，再强大的生命也难逃被强迫终止的厄运，这是铁的规律。生，实在是一件不容易的事，自然的风吹草动，人间的自相残杀，无不加快了由生而死的速度，缩短了人间天堂的距离。生的不易，是否让人感到活的可贵，感到人间的美好？普天之下，芸芸众生，有多少人在红尘路上，奔忙名利，追逐权势，又有多少人在人世间，制造毁灭，生产颓废？红尘混浊，人世污黑，与幸运握手成了昨天的童话，与幸福为伍化为海市蜃楼。生命啊，失去本真，还有多少快乐可言，还有几多意义可讲？

　　人生来是为了寻找幸福的。但是，自从迈开第一步，人便开始寻找财富、功名、权势、地位、美色等，为此不惜抛弃快乐，丢掉尊严。生命的本原越来越远不可触，人生的幸福也越来越遥不可及。其实，只要自己的生命健康而富有活力，亲友的生命旺盛而不乏后劲，活着就是幸福，平淡也是幸福，给予仍是幸福，寂寞还是幸福。一位相声演员用朴实的话这样诠释幸福：医院没住咱家的病人，监狱没关咱家的犯人，就是幸福。

　　幸福原来可以这么简单！在平淡的人世里，在平淡的生活中，与幸运握手，保持生命的原色，你就幸福了，其他的都无足轻重，不足挂齿。生命是一张单程票，你与幸运失之交臂，便不得不终止旅行；你与幸福擦肩而过，就无法回头再去追寻。握住幸运的手，生命才不会悲哀。

　　活着是一种福，有福的人生才会精彩。

初见即永诀

　　漫步在南京路步行街，在人群中挤来挤去，不多时，我便有眩晕之感，叫上表弟，趁势朝人稀处走去，好透透气。在略显空旷处站定，还没喘顺一口气，对面走来一对年轻男女，那个再熟悉不过的小胖男孩，迎上前来，热情地打招呼："陈老师！"我惊奇地喊："小胖？"

　　来者小程是我教过两年的学生，小胖是我给他取的诨名。毕业后，他在深圳、上海两地跑，也算是个成功小白领了。来上海之前，我在微信群里@在沪亲友，小程最先回应："陈老师，真不巧，我要去嘉兴出差。这次不能陪，对不起啊。"我回他："没关系，工作为重。"

　　我们在街头握手，我说："你小子不是说去嘉兴出差了吗？"他说："今早赶回的，还以为你回南昌了呢。真巧，在这里碰见您。"

　　上海之大，人口之多，能在这人头攒动的闹市区不期而遇，该多巧啊！一想到这次偶遇，我就抑制不住要感叹一番——人和人的相遇，有时是多么不可思议的啊。缘分这东西，实在是太神奇了。没想到，更神奇的还在后面——浦东机场的那场送别，我才真正体会到了什么是"一期一会"的感觉。

　　小程身边的女孩姓项，是他在南昌学车时的驾校同学，从江西科技师大毕业后，在上海一家旅游公司上班。小项很会笑，朱唇轻启，笑容一展，顿时缓解了初见时特有的距离感和陌生感。她颜值高，身材好，有才华，说一口流利的英语，让我佩服得很。我为小胖能交到这么好的女孩而替他高兴。

这对青年男女平时都忙工作，周末大家都有空，恰好都在上海，于是相约逛步行街，看外滩风景。傻子都能看出来，他们在恋爱。聊了一会儿，我便要与他们告别，恋爱一刻值千金，这点为师还是略懂的。他们远没我这么老，但至少我曾跟他们一样年轻过，他们的心情，我懂。

孰料，小程执意要伴我游玩，请我和表弟吃饭，小项也在一旁附和。这让我有了莫名的感动，从教数十载，教过的学生成千上万，能遇上这么情真意切的弟子，实属罕见。我们一起吃过午饭，与表弟告别后，他俩又陪我参观静安寺和常德公寓，在张爱玲故居单元门口，合影留念。就这样，我的行程结束了，按理说，该与他们分别了。

这时，小项说："我得去一趟浦东机场，送同事回国。"小项的同事索菲娅是个俄罗斯姑娘，由学校派来中国实习，两人因工作结缘，无话不谈，成了闺蜜。而今，索菲娅实习期满，学成回国，她不去送行，怎么也说不过去。那一刻，我觉得小胖他们陪我太久，心里过意不去，礼尚往来，我也该陪他们一道去机场。在静安寺地下通道避雨，偶遇一家精品店，我给那个不曾谋面的异国女孩买了一款卡通味十足的护颈靠枕，长途国际飞行，有它相伴应该很不错。初次见面，送个礼物，想必索菲娅也会领这份情的，在中国待了半年多，这些礼俗她应该是懂一些的吧。

浦东国际机场真远，地铁上倒来倒去，下午三点多出发，天黑后，我们才抵达偌大的候机楼，与索菲娅见了面。小项与索菲娅叽叽喳喳用英语拉家常，我在一旁干瞪眼，小程揶揄道："陈老师，这么多年，英语忘得差不多了，现在尴尬了吧。"我不仅感觉尴尬，简直要怀疑人生，为何要从市区大老远地跑这来，给一个素不相识的外国姑娘送别？何苦来哉？

见把我们晾在一边了，小项赶紧给我们相互介绍了一番。我把靠枕送出去，小程把一袋零食奉上，索菲娅频频点头，冲我们道谢。和索菲娅合影后，她过安检，我们就撤了，转身即天涯。索菲娅再不会来中国了，我们从此永无再见面的可能。换句话说，我和索菲娅初见即永诀。作家毕淑敏站在北极点的那一刻，跟我的感觉如出一辙。她在一篇文章中感慨道："我与北极点，初见即是永诀。"

初见即永诀，是怎样的一种体验？像贪吃的孩子手握冰淇淋，还没舔到一口，"啪"的一声掉地上了，既有初遇的喜悦，又有永诀的伤感。这是感觉的矛盾体，像上海夜空下五彩霓虹一样，变幻莫测，不可捉摸，却又是那么真实地存在。有道是，如果有缘，我们终能相遇，即使相隔光年；如果无爱，我们终将分别，哪怕曾经亲密无间。

世上常见的永诀，大多是初遇后，屡屡相见，一颗微温的心慢慢火热，终于有一天，遇到挫折或者打击，火热的心一点点凉透，于是，诀别在某个不期然的瞬间发生。就像作家席慕蓉所说："太阳落下去，而在它重新升起以前，有些人，就从此和你永诀了。"初见即永诀，是一种巅峰体验，让人感慨，让人抓狂，将遗憾注入回忆中，永不褪色。

从上海回来，已有一段时间了，时不时地会想起索菲娅，这跟她的外在无关，与交情无涉，而是迷恋上天赐予的那种初见即永诀的微妙感受。有些人，我们经常见面，却熟视无睹；有些人，只见一次，却刻骨铭心。因了"初见即永诀"，索菲娅让我念念不忘。美国作家贝蒂·史密斯在其成长小说《布鲁克林有棵树》中有一段意味深长的话："Look at everything always as though you were seeing it either for the first or last time: Thus is your time."我不明其意，把原文发给小项，马上收到她的译文："要把一切当成初见或者诀别。"对此，作家张丽钧有她独到的意译："遍览万物，仿佛初见，仿佛永诀。"这与我的感受，何其相似呀。

一个人把所遇的一切当成初见，会有欢喜心，从而幸福满满；把所有的人事当成诀别，必生怜悯心，从而更加珍惜。时时事事，秉持初见即永诀，那么既有欢喜，又有怜悯，那种神妙感觉，会引领我们进入更深邃的思考。

初见即永诀是因缘之圣水洗礼人间浊污的魂与灵！日本茶道云："一期一会，难得一面，世当珍惜。"一期一会，初见即永诀，同属一个当量。这是一种劝谕，更是经过精神洗礼后的涅槃，参透生命因缘后的通达。

成事于敬

起初，女儿是想做面包，一直嚷嚷要亲自动手，做出比面包店展示柜里更漂亮的、世界上最好吃的面包来，到头来，只是和我一样，在人生履历上，添加了一笔做饼的经历。

赶"双11"，捡便宜，网购了一台电烤箱，然后，上网搜索怎么做面包，跟女儿一起分享、讨论，她满含期待的眼神好像世上最美味的面包马上就要在陈家厨房新鲜出炉。但是，出现在我们面前的是一座无法逾越的大山——怎么放酵母粉？做面包，先要发面，酵母粉放多少，面要发多久，都是扯不清、理不顺的"问题线团"，让我知难而退。于是上超市采购材料的时候，我们变通了一下，改做饼干。按照网上列出的配料表，我们四处寻找黄油、低筋面粉、白砂糖、鸡蛋和奶粉等，大袋小袋拎回家，女儿满脸堆笑，笑里荡漾着莫大的成就感。

家里搅拌机多年未用，索性以加热的方式让黄油化成水，然后等它凉，打鸡蛋下去，化散，再放奶粉，添加白糖，最后倒面粉，漫起一层轻白粉，像秋日爽润的晨雾，女儿在一旁拍手叫好。面粉的清香扑鼻而来，家里飘散着麦田收割后的味道。

身为南方人，从来没有做过面食，我也不知如何下手，索性放手让女儿去弄，由她揉捏，一双小手沾满黄泥似的面粉，惊起一波又一波畅快的尖叫声。十分钟过去了，女儿嚷嚷要做饼干，我说，应该多揉面，要不然，配料不均匀，做出来的饼干不好吃。

半个小时过去了，女儿等不及了，开始捏各种形状的饼，放满一盘，我便拿去烤。接通电源，温度150度，时间20分，设定好，电烤箱就滋滋滋地倒计时，不到10分钟，饼香飘满屋，诱惑得人直流口水。电烤箱发出清脆的"滴"声，第一炉饼烤好了，带上厚厚的棉手套，取出新鲜出炉的饼干，满是惊喜。趁热尝一口，浓郁的饼香，甜糯口感，绵软不脆，好吃看得见。一炉饼，一炉香，一炉小清欢。是日风轻气爽，笑语盈盈，这感觉千金难买，万金不换。

一周后，女儿约来小伙伴，复制美好，分享喜悦。饼还未出齐，她就将鲜饼装入铁盒，带上塑料手套，带着小伙伴们一路欢快下楼，跑到小区做卖饼童！快乐是会传染的。返家后，几个小丫头叽叽喳喳，抢着报告销售情况。还别说，居然有人按照她们定价，花一块钱买一个饼来尝，想必是个充盈爱心，童心未泯的人吧。女儿将五块钱的销售收入，一人一块五毛，分了。这不是报酬，而是快乐放大器，把饼之乐放大至无边。做饼乐，卖饼欢，人生难得几回如此沉醉。然而，这本该早就享的欢快，却一推再推，拖到自己都感觉不好意思，才付诸行动。

早在五六年前，女儿就开始吵着要尝试，我嫌麻烦，找各种理由搪塞。女儿想做面包，初因自然是她喜欢吃。不过，她爱吃的东西海了去了，也不见她争着要亲自去做。为何会纠缠着面包不放呢，源于一次特别的春游。上幼儿园的时候，学校组织孩子们到一家专门的儿童社会职业体验馆游玩，从空姐到舰队士兵，从播音员到邮递员，从按摩师到面包师……360行，行行尽在这微缩职业馆。女儿在面包房姐姐的指导下，亲自体验了一番，记忆深刻。她入戏很深，回来一直念叨那个"面包房"，放心不下。后来，我带她入馆去了五六次，那么多职业馆，让她最开心的，一直是做面包。从那时起，女儿时不时地要闹着自己做面包，我跟她解释，咱们南方人不会发面，不懂揉面粉，家里也没有电烤箱，推三阻四，没有如女儿的愿。

早知道做饼会让女儿这么开心，我怎么也不会迟至五六年后，才让她体验。古人云：今日事，今日毕。今日的快乐，何必要延迟N年之后来品尝呢？在这个世界，只要不伤害别人，想做什么事，最好现在马上立刻（这里应该加着重号）去做。

有些事，一拖就拖成了人生烂尾楼，一搁就搁成了生活的荒园，丑陋无比，大煞风景。做饼是这样，回想过去，多少事，自己不是这样推三阻四，拖拉成瘾？《战胜拖拉》一书的作者尼尔·菲奥里说："人生真正的痛苦，来自于我们因耽误而产生的持续焦虑，来自于因最后时刻所完成项目质量之低劣而产生的负罪感，还来自于因为失去人生中许多机会而产生的深深的悔恨。"生命短暂，一搁、一拖、一拉，就慢了，"不怕慢，就怕站"，站出人生的焦虑、生命的内疚，以及悔恨之源。

荀子说："凡百事之成也在敬之，其败也必在慢之。"成事于敬，事成生乐；败事在慢，事败生怨。

美善无翼自在飞

掌灯时分,指导孩子写作业,随手一翻,看到这么一段文字:"有一棵大树,枝繁叶茂,浓荫匝地,是飞禽、走兽们喜爱的休息场所。飞禽、走兽们谈论着自己去各地旅行的经历。大树也想去旅行,于是请飞禽帮忙。飞禽瞧不起大树没有翅膀,拒绝了。大树于是想请走兽帮忙。走兽说,你没有腿,也拒绝了。于是,大树决定自己想办法。它结出甜美的果实,果实里包含着种子。果实被飞禽、走兽们吃了后,大树的种子传播到了世界各地。"

我情不自禁,思绪随大树的种子在夜里飘飞。是啊,世上不存在轻轻松松的收获,也没有无缘无故的成功。通往成功的路上,收获季到来之前,人人都要吃苦,个个都在努力。老子曰:"将欲取之,必先予之。"一个人想拥有什么,必定要有与之对等的符合规则的付出,就像《伊索寓言》故事里的太阳那样,给人以温暖,才如自己所愿。

北风和太阳打赌,看谁能让路上的行人先脱下衣服。北风先冲上去,对行人一阵猛吹,行人感觉冷,把衣服裹得更紧了。不服气的北风使出更大的力气呼呼直吹,行人从包里又拿了新衣服给穿上了。北风失败了。轮到太阳上场,丝丝阳光,融融暖意,行人热得冒汗,情不自禁地脱下外衣……北风想凭借自己的威力,吹落行人身上的衣服,结果以失败告终。太阳以其和善的方式,遍洒温暖,行人行以脱衣之礼回赠。对比结果,方式高下立判。

大树想去远方旅行,恳请飞禽走兽帮忙,其行事方式正如北风,从自我出发,行一己私心,当然难了心愿。失败之后,大树改变策略,心怀助人之意,自然达成自助之愿。这是大树的哲学,其精髓是——利他!利他是美善不朽的本质。花不为己开,河流不为己弯,雨不为己落,霞光不为己亮……美善不带私心杂念,犹如风行水上,月隐山林,自然生发,自成一景。美善处处有,无翼自在飞。

人们歌颂美善,渴望美善,世上偏偏有那么多人和事与之背道而驰。骗人者有之,害人者也不少。我们一边念着"害人之心不可有"的咒,却在内心绷紧那根"防人之心不可无"的弦。我们渴望别人打开心扉,自己却严闭心门;我们指望别人对自己施予善意,却吝啬自己的良善……结局就像矛盾的大树,想让别人带自己去远行,屡遭拒绝,无果而终。

有人说,人不为己,天诛地灭。利己谁都会,连刚出生的孩子都知道拽紧自己心爱的宝贝。利己有眼前的好处,触手可及的实惠。但从长远来看,利己是一条永远也没有出路的死胡同。人人为己,那么他人即地狱,个个处在地狱的包围之中,其结果是八层嘲笑十八层,无人能逃脱惩罚。如果个个私心膨胀,这个世界早就被诛灭了。

人间美善,非不能也,是不为也。世上事,有所为,有所不为,所为只为圆满美善,不为是为呵护美善。人间情,要有舍,方可有得,舍去细枝末节,守来春暖花开。

曹雪芹在《红楼梦》借薛宝钗之口,说"好风凭借力,送我上青云"。(《临江仙》)世上美善当如是,无翼自在飞。

生息有缘

松茸身居野生菌金字塔的顶层，身价不菲。天地之间，高贵者大都脾性不俗，横挑鼻子竖挑眼，松茸亦如是。生长地选得绝，只长在云南香格里拉高海拔的原始森林中，又特别矜持，只在短暂的雨季抛头露面，平时难觅芳踪。

单珍卓玛随母亲采摘松茸已有些年头了。小时候，松茸遍地开花，摘回来用酥油炒着吃，是山里人的寻常美味。如今，食尚自然，松茸成了餐盘上的珍馐，为大都市的食客们所竞逐。物以稀为贵，在大城市高档餐厅的菜单上，一份炭烤松茸标价近二千元。在茫茫原始森林，单珍卓玛和母亲得走上一公里才能采到一朵松茸。一天下来，要赶几十公里山路。受这样的苦累，她们心无怨愤，唯有感恩，感谢上天恩赐，让她们一家在雨季凭借采摘松茸就能获利万元。

母亲从小就教导单珍卓玛，采松茸的时候，下手要轻，避免伤到地底下的菌丝，采摘之后，要把松动的土连同枯萎松针轻敷回去。保护好菌丝，才能源源不断地从山里收获这一人间珍宝。一直以来，卓玛都是这么做的。

包根基是浙江省遂昌县农民，家里有片郁郁葱葱的大竹林。冬来新笋在地里萌发，新春一场暖雨，像是士兵听见号令似的，便齐刷刷地破土而出……挖冬笋是门技术活。老包是这方面的行家，冬笋长在什么地方，一锄下去，准能挖到。

不是火眼金睛，亦非竹仙，他的判断源自竹鞭的长势。顺着竹鞭挖，开始是使蛮力，接近冬笋时，为了不伤根，轻刨轻取，像是面对一款名贵的青花瓷。根不断，冬笋方能取之不尽，用之不竭，江渐名菜"油焖冬笋"才能鲜活于人们的餐桌上，永不谢幕。

七旬高龄的石宝柱是老渔民了。15岁开始，就在吉林查干湖里打鱼，是谙熟水性鱼性的老把式，被人们敬称为"石把头"。老石的拿手好戏是在寒冬冰封的湖面上凿冰下网捕鱼。这种情况下，捕鱼的多寡全凭经验和运气了。

一般来说，老石出场，收获小不了。起网了，一条条肥鱼在渔网里活蹦乱跳，一水儿肥硕的大鱼呀，没有一条小的。奇怪吧？一点儿也不奇怪，玄机藏在渔网里。6×6寸的网眼只能网住5年以上或者2斤以上的大鱼。那些低龄小鱼，都成了漏网之鱼啦。千百年来，网眼的这个尺寸是查干湖渔民约定俗成的规矩。他们深知，唯有保护小鱼，才可能源源不断地捕获大鱼，不致枯竭。

在纪录片《舌尖上的中国》中，我认识了单珍卓玛、老包和石把头他们，这群可爱又可敬的人以自然为生，与自然亲近，悠然地活在自然中，潇洒而自在。张爱玲说过，因为懂得，所以慈悲。他们懂得生灵之不易，故而以慈悲之心猎取，以感恩之心消受。

在人类居住的这个星球上，没有什么东西能经得住我们毫无节制地索取，最终它们以缘尽的方式，决绝而去，像恐龙那样彻底消失在我们的视野。因为人类的贪婪，地球上每20分钟就有一种物种消失了。多么可怕的现实！那些可爱的生灵，被人类生生逼上单程道，无奈地走了，永远不会回来。悲剧的发生，只因人的欲望。

当这个世界只剩下人类的时候，我们还有什么意义，地球还有什么意义呢？

郭尔罗斯蒙古族有句古话："猎杀不绝。"多么富有深意的四个字啊！手下留情，对自然施予以温情与宽厚，留有生机。如果说我们的心是一张网，就应该像石把头那样,将网眼定义在6×6寸的仁爱宽度。收获,但不赶尽杀绝;为己,也利于他人。让生息之缘从我们心的网眼里漏出去,放生灵一条生路,为爱创造活路——生息有缘,善待自然。

一缕执念

午睡时分，被一缕奇异的乐音唤醒，迷迷糊糊，问身边人："这是什么歌？"答曰："《一缕执念》啊。"我感叹道："这女声真的是酥到骨头里去了。"身边人说："是男的唱的。"自从领略了李玉刚阳刚与妩媚后，关于男声女声真不能明确判断了。管他歌者是男是女，好听才是王道，喜欢的就好。

喜欢这歌声动人，尤喜高晓松作的词——

你是我的一缕执念/缠住我的发/藕断丝连

我以为自己/已成熟好几遍/我以为自己/已开始冬眠

你是我的一缕执念/跋山涉水/也跟着我蔓延

我已为了你/参透了枯木禅/我已为了你/去看了远山

得洞明多少世事，洞察多少人情，才能写出这般平淡又如此意蕴丰厚的词来？看似风轻云淡，往事了无痕，实则心事重重，意念重重，你我真诚道一声相互珍重。

执念不宜多，多则深，深则生怨，久而久之，成了怨念。执念与执迷不悟是孪生兄弟，拿捏不好，会成疯成鬼。执念也不可无，了无"我执"之态，人便容易虚浮，成为别人眼中的二愣子，二流子，这辈子怕是摆脱不了"二"的纠缠。

最妙莫过于有执念且有一缕，既避免了疯魔的围剿，也躲过了虚浮的追杀，恰似月圆未圆，夏至未至，一切都是刚刚好的样子。这么想着，《一缕执念》被下载到了手机里，常听常念，成了我乐库里的新宠。

人这一生，执与不执之间。少年时不执，天真烂漫，无忧无虑，快乐似神仙；及至年长，执念深深，鄙视一切不执之人，取笑所有无执念的家伙；老之将至，放下所有执念，不再执着，从容走向草木之秋。人与执念的远离和亲近，与王国维在《人间词话》用三句话道出做学问的境界，有异曲同工之妙。

第一境：昨夜西风凋碧树，独上高楼，望尽天涯路。第二境：衣带渐宽终不悔，为伊消得人憔悴。第三境：众里寻他千百度，蓦然回首，那人却在灯火阑珊处。简括之，就是"立、守、得"，用"执"来归因：不执——执——不执。

做学问如是，做人何尝不是？宋代神宗大师、庐陵人士青原惟信提出参禅三境界：参禅之初，看山是山，看水是水；禅有悟有，看山不是山，看水还是水；执念深浓时，看山水皆看我色，于是山不是山，水不是水，及至执念放下，山还是那座山，水还是那个水。更是把参悟的执与不执，推广到所有修行。修与不修，完全可以和执与不执对照来看。不曾执着，无以谈人生，执着一世，那将苦了后半辈子。

就像人不能不爱，但一辈子沉浸在小爱里，也未免小家子气，会被小悲怆缠绕得要窒息。追过，爱过，放过——爱的三部曲，揭开一层神秘面纱，道尽爱的真谛。《金刚经》里有句名言："不应住色生心，不应住声香味触法生心，应无所住而生其心。"执着于色声香味触法，是通往"无住"之宫殿的阶石。

先要"有执"，才能抵达"无住"之境界。陶渊明可以"结庐在人境，而无车马喧。问君何能尔，心远地自偏。"因为他阅尽浮世繁华，"执"过之后，进入另一种"无执"，那是自由王国。若是逼迫翩翩少年一生"心远地自偏"，那不仅太过分，简直是犯罪。从"无执"到"有执"，中间不经历"有执"，对任何一个生命来说，都是莫大悲哀。有首网络口水歌，道尽老了的无奈："生存，说白了更像种挣扎。执着，其实只是没有办法，我已差点忘记了。"当一个人老了，看淡了，自己没有办法，那"执着"自然就放下了。看淡才能放下，才能做到"应无所住而生其心"。才算是活明白了。

　　大彻大悟之后，自然大慈大悲。执着不能无，一缕就好。一缕执念飘闪而过，江湖里留下传说，记忆永不老去，令人回味无穷。

每个人心中都藏着一枚蛋

1

日本作家村上春树领取耶路撒冷文学奖的时候，发表获奖感言："若须在高耸的坚墙和以卵击石的鸡蛋中选择，我会永远选择站在鸡蛋的那一边。"生怕别人没听懂似的，以敲黑板的方式，再强调了一番："是的，不管那高墙多么的正当，那鸡蛋多么的咎由自取，我总是站在鸡蛋的那一边。"在村上春树眼里，轰炸机、战车、火箭和白磷弹就是那高墙，鸡蛋则是被压碎、烘焦、射杀的手无寸铁的平民。

一语惊心，全世界都在为鸡蛋而心悬，为之深深牵挂。村上春树用一个形象的比喻，巧妙地表达了自己的立场，同情弱者，心系苍生。抽掉其中的隐喻，回归"以卵击石"的本义，我和村上春树的立场一致。无论何时何地，我都义无反顾地站在鸡蛋那一边，不管石头多么正经、正义，也不论鸡蛋有多么不可理喻、荒诞不经，依然力挺鸡蛋。

因为，石头永远是石头，鸡蛋呢，有可能是一条命。

2

先有鸡，还是先有蛋？一直以来，此谜像一团云雾，遮蔽人的心空，直到达尔文的进化论横空出世，才拨云见日，有了一个让世人略为信服的答案。

鸡和蛋，且不论谁先谁后，冷眼看鸡和蛋，不难发现，人们更看重的是蛋，而不是下蛋的鸡。因为，每个人心中都藏着一枚蛋！期待有朝一日，那圆溜溜的蛋壳，由内打破，孵化出新希望。芸芸众生，活在希望里，所思所行，莫不是种下一粒希望的种子，以期重获新生。

结果呢？希望倒是有了，所谓的新生，却变成一个茧，自缚手脚，原本明朗的未来，似乎也变得遥不可期了。

3

有个作家朋友喜欢四处采风，有次，开车前往心仪已久的原野，路过小村落，碾死一只鸡。下车检查，环顾四周，空无一人，头顶也没有电子眼，完全可拍屁股走人，但他是个善良的人，信奉举头三尺有神明，感觉折损了老乡的一只鸡，就一定得赔人家，于是，他满村找鸡主。

满打满算，也就几十块钱的事，何必溜之大吉，做得那么不体面。他准备好了一百元，打算不要对方找赎，那只鸡也不要，主人拿回去，还可以炖锅汤。心想这样处理，鸡主一定会满意的。他不觉得自己有多高尚，只不过是尽本分。朋友吹着口哨，钻进村子，兜兜转转，在空荡荡的村子，真诚地寻找。

村庄空空，人烟稀少，很多新屋都是铁将军把门，走路都会踏出回声来。无功而返，发现车边围了几个人，青壮年妇女居多，也有满地跑的小孩子和颤巍巍的老人，朋友上前询问："请问，地上那只鸡是谁家的？我赔钱给他。"一个头裹花毛巾的妇女，从人群中钻了出来，说："我的，你打算赔多少？"朋友掏出百元大钞，递过去，本以为那人会笑纳，结果却遭拒。

头裹花毛巾的妇女说："这可是一只鸡啊！"

朋友笑道："就算是老母鸡，市场也就是卖十几块钱一斤，这顶多四五十块钱吧！"

妇女嗤之以鼻说："这可不是什么老母鸡，是下蛋鸡呢。不错的，鸡也就值那点钱，但我的蛋呢，你怎么赔？"

朋友觉得这乡下妇女太不可思议了，太难缠了，气得提高八度，解释道："就算你母鸡生20个蛋，加起来也不用100块钱啊！"接下来，这位乡村妇女的回答，让朋友目瞪口呆，哑口无言。

她说："这母鸡下的蛋还能孵小鸡啊！"鸡生蛋，蛋生鸡，生生不息，无穷无尽，有始无终。这神逻辑，让朋友无法接受。朋友的一片好心，却迎来乡村版"碰瓷"，又苦于拿不出令人信服的理由，将妇人驳倒，无奈之下，息事宁人，只好乖乖地掏出1000块钱，然后，逃之夭夭。从此，他跟鸡结下了梁子，甚至那花毛巾也看着像鸡毛，类似毛巾都不能直视。

和这位碰瓷妇女一样，每个人心中都有一枚蛋，那是神一般的存在。有些人穷尽一生，都在寻找那个神一样的蛋，或者说，追求蛋一样的神，殊不知，世事难料，人心难测，当你在寻找那枚向往已久的蛋的时候，背转身去，世界可能已发生翻天覆地的变化。

4

上海朋友小姜，买车的时候，有类似的奇遇。买车的时候，导购员对他热情有加，推荐了一款"电动汽车免费购"的金融服务。说来很简单，汽车售价15万元，你再添10万元，共计25万元，打给销售公司，马上提车走人，免费用5年，到时候，再发放汽车所有的证，所交的钱，全款退回。另外，那5年每年还补贴6000元电费。

这不是天上掉馅饼啦吗，感觉真不错哦！盘算一番，这就是用25万元的5年利息买车吗，多划算呀，还有电费补贴呢！小姜有两个选择，一是15万元，正常购买，银货两讫；二是25万元，享受金融服务，汽车免费使用5年，5年后，全额退款，车归自己所有，并享受3万元的电补。小姜心有所动，选择了"免费购"。

第一年，6000元电费补贴，按时定额发放；第二年，迟至年底才勉强把电费打过来；及至第三年，对方爽约，电费不见踪影。风水不对啊，小姜有种上当受骗的感觉，联系其他"免费购"的顾客，才知道，大家遭遇一样。这家销售公司一定在资金方面出了不小的问题。承诺的电费都会拒付，那25万巨款，还能指望要回来？

关键时刻，法律为他撑了腰。经过两年多的拉锯战，终于要回了多交的10万元，汽车的所有权证也给办好了。小姜感慨道："天上没有掉馅饼的事，你贪的是免费购汽车外加每年6000块钱的电补，人家图的却是你25万块钱呐！"

总以为25万块的利息，是一只神奇的鸡，能够生出一枚可爱的蛋来。蛋还没到手，没承想，并不神秘的黑手，已伸向了那下蛋的鸡，若不是依靠法律，就真的鸡飞蛋打了。

你以为世界是自己所愿的样子，但它只是本来的模样，冷面，甚至有点残酷。

5

在江西,"免费购"汽车的把戏,有另外一个版本。朋友大刘享受了这一福利。怎么回事呢?说白了,就是20万元,当25万用。前年,大刘将20万元存入某金融公司的账上,预定心仪已久的那款车。这家公司与4S店有合作。先交钱,定车,过段时间,再提车,这并不新鲜,市面上,紧俏一点的车型,都得这么干。不同的是,人家定车是把钱打给4S店,而大刘是给一家不卖车的金融公司。按照约定,半年后,车厂把新车发过来,他提走那款售价25万元的爱车。

20万当25万用,也就半年时间,多划算啊。大刘如获至宝,对这家公司的购车活动大加赞赏。这时,几个同事也有购车计划,大刘本着"独乐乐不如众乐乐"的精神,把自己的购车经验,毫无保留地跟他们分享了。很快,几个同事一一缴存了20万元,参加了这一购车活动。有大刘这活生生的例子,他们深信不疑。

半年后,大刘的同事们去提车,才发现那家4S店人去楼空,金融公司也早已破产。车没见着,平白无故,将20万元打了水漂。

一直以来,大刘心有所愧,总感觉是自己害了同事们。涉事所有人从不这样想,不曾怪罪他,只是大骂那个黑了良心的商家。但骂得再狠,已无人听。

6

"免费购",我也经历过一次。那年暑假,女儿学跆拳道,我给她续费,工作人员热情推荐了一个"免费学跆拳道"套餐,先把1万元学费续上,再交100元,开通某购物APP,就可以领到1万元赠券,在那上面购物。

乍一听，是个不错的买卖，赶紧缴费，并主动交了100元，下载那个APP，注册，开通了交易功能。只因贪图人家那1万元券，交钱比闪电快，结果呢？上当了。没错的，在那个APP上购买任何东西的确都可以用券来抵扣，但抵扣后的价格，远比市场价高。

回头看，那1万元学费，只能学50次，但不参加这"免费学跆拳道"活动，可以学60次呢！道馆和APP开发商实现了双赢，而我呢，成了那个吃亏的人。免费的东西，都是最昂贵的，比如这血本无归的欺骗，又比如亲情。

免费的把戏容易被人揭穿，但以鸡生蛋做掩护，掳掠生蛋鸡，大行于世，大有市场。

,

去年夏天，右膝盖突然疼痛难忍，痛得怀疑人生，后续治疗，我找到一家艾灸理疗店做理疗，去的次数多了，跟那里的理疗师渐渐熟悉起来。她来自农村，和男友租住在郊县，每天坐公交来往城里，因为收入不高，一直不敢结婚。闲来无事，她总爱玩手机，神情专注，像所有玩手游的人那样，近乎狂热。

我问："你玩的什么游戏呀？"

她缓缓地抬起头来，说："都多大了啊，还玩游戏？我在养兔子呢。"这是会生兔崽的神奇兔，只要花钱买些"种兔"，过几天，就会产崽，每天都有新兔子增加，每天都能卖兔获利。

兔子卖给谁呢？理疗师演示给我看，她在一个群里面叫卖，马上有人回应，加好友，私聊，发红包，转让兔子，成交。真是有趣，好玩又挣钱，世上还有这等好事。

好事吧？其实，还有比这更诱人的好事呢。一个朋友加入"金元计划"，10万人民币购入等值"金元"，如果介绍别人参加此计划，每成交10万元，立马可获2万元人民币的介绍费。我那朋友在购入10万"金元"之后，推荐了不少人参加这一计划，返还的介绍费，都过了100万元人民币呢。神奇的"金元"，每天都增值，初始与人民币等值发行，三个月后，就达到100∶196，翻倍涨了，持有者个个喜笑颜开。

世上好花不常开，好景不常在，好事不常有。问题捂不住，很快就暴露了出来。

那个买卖兔子的理疗师，突然有一天，发现没有人接盘，只能买，却无法抛售。因为只损失了千儿八百块钱，就当打牌输了，置之不理。那个炒"金元"的朋友，原始价购入10万元，涨至38万后，兑现出现了问题，眼看着"金元"一天比一天值钱，却无法兑回人民币。朋友心想，反正介绍费都将10万元回本了，也就不去追究。朋友之外的那些持有者，除了打掉牙，和血往肚子里吞，除此之外，他们又能怎样呢？

白居易诗云："大都好物不坚牢，彩云易散琉璃脆。"逝去的美好，总是在不经意间。

§

兔子生崽，"金元"增值，这些都是人们深藏在心中的蛋，而背后的操纵者，打定主意，要抱走你生蛋的鸡。每一个人心中都有一枚蛋，它是对未来的希望，是活下去的勇气，也是人性的贪婪。世上有多少"鸡蛋"，就有多少令人方寸大乱的魅惑和贪念。

庄子说:"贪财而取危。"恋蛋者,多贪财,无形中,把自己置身被人掠走生蛋母鸡的危险之地。伊索说:"有些人因为贪婪,想得到更多的东西,却把现在所有的也失掉了。"你看中人家付出的一丁点利息,而人却盯着你的本金,怪只怪贪心重,遮了天,蒙了眼,迷失方向。

君子爱财,取之有道,看中鸡蛋的增值效应,本无可厚非,但在惦念收获的同时,千万要记得防一手,别让人家把下蛋的母鸡给抱走了。

问号满天飞

行走在世间的问号，前世都是感叹号。因某种外力的撞击，人为的扭曲，问号在行走过程中被折弯，并在变形的瞬间，灵魂出了窍，轻飘如絮，被风吹上了天。抬望眼，问号满天飞，浓云密布，好似山雨欲来。满天飞的问号，如获灵魂，会变得刚毅，重新获得重量，于是从云端坠落，滴滴如雨，落入凡间，回归最初形态——"感叹号"。

一个奇妙的轮回。

1

夏热之际，投宿某五星级酒店。这里窗明几净，床榻雅致，音乐迷离，空气甜润，拉门，进入阳台，一湖美景尽收眼底，是个消暑度假的佳处。闲来无事，感受湖边吹来的风，发个长长的呆，钻入泳池溅起水花。仿佛是住在云上的日子，过的是神仙的生活。

惬意之际，又意外发现——室内的两个垃圾桶，竟然没套垃圾袋！起初，还不敢往里面丢东西，细瞧，桶底有张皱褶整齐的白衬纸，才知道，这真是垃圾桶。

为什么要用垃圾袋？像这酒店那样，一张衬纸搞定，不也挺好吗？把垃圾倒入无袋的垃圾桶，看似只是少了个袋子，那么一年呢，就是365个。如果全世界的垃圾篓子都这么裸装，那该省下多少袋子？我们为什么不可以少用一点塑料袋？

雨天，路面湿滑，视线不好，加之路况复杂，开车只好慢字当头。那次，风狂雨骤，开车上路，听着音乐，慢慢走，突然，前面一大排车降至龟速，不得不来了个急刹车。没有红灯，也不堵车，为何突然变成这样，前面出事故了？原来，道路右侧，市政洒水车唱着生日歌，欢快地给路面喷水，像是在跟雨水争风吃醋。不是还有很多地方缺水吗？不是要珍惜每一滴水吗？无须洒水的雨天，洒水车为何这般任性，在雨中撒野？

家里有个精美的瓷盆，养过丁香，种过海棠，长过茉莉，此后，再种什么都不行。松土、浇水、施肥，均无效，甚至彻底换过一次土，还是不成。如果不是瓷盆好看，估计早被当成垃圾抛了。那个瓷盆被我随手丢在阳台，与一堆杂物为伍，一躺六七年。有些东西一搁就落满尘灰，沧桑如海，变得十分陌生，就像人和人之间长久不联系，定成陌生，哪怕是血缘亲情。

今春，初尝浙江特产胡柚，脐橙大小，黄澄澄的皮，丑丑的，水灵灵的柚，酸酸甜甜，一吃难忘。食毕，收好柚皮，晒干，透香，那籽也没丢弃，准备种着玩。找出瓷盆，厚厚一层灰，黑不溜秋，早已失去当年风采。先抹净瓷盆，再吃力地翻过一遍土，细细捣碎，将籽洒在极度干燥的土粒中，埋好，再用水浇透。久置不理，偶然间，发现瓷盆里长出了嫩绿的芽，胡柚长出来了。这么贫瘠的土壤也能长出东西来？胡柚到底是何方神圣，有如此顽强的生命力？

2

我所从教的大学,有两幢楼,教学楼和实训楼,天台从未爬上去过,不知风景如何。突然有一天,来了一帮工人师傅,将天台上的铁架子拆下,堆得满地都是,颇为壮观。铁架子,日晒雨淋,不知道会生锈吗?锈蚀不怕被风吹倒吗?14年前,新楼落成之际,为何要在天台安置那一堆铁器?中国的高楼,是不是都有在天台架起铁架子习惯呢?

3

午后,朋友带他5岁的儿子遛弯。走到城市的边缘,是开发区空旷的大道,两旁伫立笔直的路灯。大白天,那路灯执着地亮着,像汪峰歌中唱的那样——怒放的生命。

孩子吵闹着要他去关灯,朋友被缠得没办法,电话打到路灯管理所,那边的人只骂一句"神经病",就把电话给挂了。朋友将此写入文章,最后感叹道:"那么多人见怪不怪,为何只有5岁的孩子感觉异样?"

是啊,为什么只是孩子的眼里容不下沙子,大人怎么就能马虎?包括安徒生笔下的那个孩子,指出了皇帝的新装是假的。

4

继1980年之后,故乡掀起新一轮建房运动,推旧建新,抢占农田造屋,推平山头盖房,轰轰烈烈,引人注目。

　　此前,农民建房只为安居。而今,十村九空,寂寥无人,建房者大都安居都市,所建豪华小别墅,除了过年回来住上几天,平时都是一把锁看门。就算房主退休了,他们会回村里安度晚年吗?不以住人为目的的建房,是为了什么?

5

　　我来南昌的时候,洪城路口一幢高楼,烂尾了十来年。后来,建成奢华的四星级酒店。又过十多年,酒店拆成当初烂尾的样子,坊间传言,要重新装修,但久久没有动静。有天晚上,它突然爆破了。路过那里,惊见一片废墟。此前,著名的存在十年的五湖大酒店爆破,八一桥头标志性建筑裕丰大厦爆破……上网搜索爆破高楼,220多万条。为何中国高层建筑不待终老,就早早爆破,不待用尽其力,就草草要在城市地图上抹平?

　　网上有视频,一群美少女手持长幅白卷,须发皆白的长者,手握一支注射器,往白卷上喷墨,随后响起一片叫好声。这样真的好吗?中国书画,不是借助笔墨纸砚来施展吗?什么时候轮到注射器上场了呢?

6

　　有道是,有什么别有病,没什么别没钱。其实,有钱也有烦恼。

　　产业转型升级像惊涛骇浪,冲他而来,一夜之间,工厂关停,手里握着几百万巨款,不知如何是好。存银行肯定不行。有钱人习惯用钱生钱,穷人才会去存款。当时，两个人来找他，一个是同学，开厂，三分的息，三年还本付息；另一个是叔叔，放贷，五分的息，一年后，本息还完。也许是亲情难舍，又或许是高回报在作祟，明知风险大，他还是选择了把钱给了叔叔。利息拿了半年，突然就断了……时至今日，连本也没能要回来。

如果把资金投给同学做实业，就不会蚀本了，但那时怎么会一根筋地把钱给叔叔呢？当初如果拿钱去置业买房，今天会是怎样？贪婪真是人的本性吗？

7

王婆卖瓜，自卖自夸，如今遍布大街小巷的药店，也兴这个。路过一家药店，门口摆放超大音箱，鼓吹他们的盛大活动——会员日会员全场八八折，部分药品大降价，满额送超值礼品……他们的活动多多：打折、买送、降价、满减、满赠、返现、抽奖、砸金蛋等，生生把卖药搞得跟送福似的。透过门帘，看到里面人头攒动，进出通道挤得水泄不通。这哪像药店，生活超市也没这么热闹嘛。

"宁可架上药生尘，但愿世间人无恙。"药店门口不是应该贴上这样的对联吗？药店的热闹，怎么可以赛过菜市场呢？

8

世风如潮，惊涛骇浪，将人灌满潮水之后，留给人最后的选择还有一个：随波逐流。但总有一些人狂风吹不倒，巨浪卷不走，渡尽劫波理性在，参悟人生自不同，因为他头顶有一万个问号在飞。

过去的岁月，曾信奉"存在即合理"，凡是合乎理性的东西都是现实，凡是现实的东西都合乎情理；也曾相信，一切都会改变，明天会更好，然而，活到这把年纪，所信奉的余虑重生，心中的坚定不移被模棱两可取代，清楚被模糊刷新，抬头惊见，天上满是问号在飞。过去，我喜欢听孟庭苇，有一首歌至今都会唱，名叫《谁的眼泪在飞》，每当熟悉的旋律响起，总想篡改歌词——谁的问号在飞？

满天飞的问号，有你的吗？问号雨坠落的时候，有几个能被你拉成感叹号呢？

有一种生活

你买过袜子吗？不管你有没有买过，想必一定明白这样一个道理：袜子是论双卖，而非论只。那么，你听过袜子是论打卖的吗？你一定会说，成打买的人，不是搞批发，就是搞电商，买来肯定不是自己用，而是用来卖。果真如此吗？非也！

的确，日常生活中，少有人当饭吃似的买一堆袜子到家里，但世界之大，无奇不有。朋友开服装厂，专接外单，生产衣服和袜子，销往匈牙利等地，生意红火得很。这得益于与我迥然不同的另一种生活方式。据朋友说，匈牙利人买袜子，一买十几打，一天穿一双，百天不重样。这样的穿法，新奇有趣，真是闻所未闻。他们换下来的袜子也不急着洗，扔在角落，累积到一定的量，一股脑儿全丢洗衣机里。难道他们不怕袜子臭吗？这也是一种生活。袜子如此，衣服也是类似另类生活的又一醒目标签。

朋友生产的服装档次不高，用他的话说就是跟国内的校服差不多。人家校服比质量，拼时尚，而我们的，价廉质次，一个更比一个丑，大多数家长都不满意，学生穿的时候没有不抱怨的。然而和袜子不一样，穿这样衣服的人多为蓝领工人，工作环境差，衣服容易脏，清洗不易，索性就直接弃之不用，相当于一次性服装。

我们生活中"一次性"的身影，随处可见。一次性筷子，一次性手套，一次性饭盒，一次性纸杯等等。但鲜见衣服也一次性的。难道他们不觉得是在浪费吗？

曾经看过一个桥段，与之有惊人的相似，也是让人哭笑不得。话说有个时髦的中国姑娘到国外买了一件天价衣服，过了一把奢侈品的瘾。熟料，这贵得离谱的衣服，一下水，居然褪色，再怎么熨，再也回不到有型有款的原样。

姑娘一怒之下找商家讨要说法。店员的神回复，让她震惊了。

店员说："女士，买这衣服的人怎么可能会让它下水？干洗也不行啊！这可是奢侈品哦！"难道奢侈品都是这么"任性"吗？你以为低档货是一次性用完就扔，没想到高档的奢侈品也是只穿一次，绝不下水，还不许你送干洗店呢。

生活形态万万千千，你们熟知的，只是冰山之一角，远远近近的风俗，形形色色的人，个中秘密，难以知晓。开服装厂的朋友一番话，给我打开一扇窗，让我看到另一种生活。讶异之际，不禁让人浮想联翩，陷入沉思……

顺路·绕路

在我第十本书上市之际，欣欣然冲某友报喜："我新书出来了！"友迭声恭贺，笑声里虚浮着俗世的客套。我说："你哪天有空，方便见面吗？我送书给你。"

友笑答："哪天你顺路来荷塘，带给我吧！"我欣然允诺。

友不催，我也不记，这事就搁置下来。有事两人会电话聊几句，无事各自安好。一晃过去两年，第十三本书都面世了，我都还没逮到机会，路过荷塘，更谈不上顺便访友赠书。每每看到躺在我家书柜里，签赠予友的那本崭新的旧书，不由得暗自喟叹："这个世界，哪有什么顺路啊？"

上小学三年级的时候，不知何故，从外村转来一个新同学，斯斯文文的男孩，寡言少语，跟我对脾气，两人渐成好友。每次放学回家，他跟我同路，走到岔路口，我往右，他往左，分道而行。现在想起这场景来，感觉颇有几米漫画的风格。

有一天，我心血来潮，对他说："我送送你吧！"

他说："不用啦，你又不顺路。"

我说："没事啦，送你跟顺不顺路有什么关系？"

送他回家的路，我很少走，得经过我家芝麻田和红薯地，除了收芝麻和插红薯会去那，平时很少涉足。记得第一次送他的时候，还特意把我家的田地指给他看。他说他家也会插红薯，但没种过芝麻。不知不觉，走近他村口的树林，他怕我一个人不敢回去，劝我转头回去。望着那片森然的绿，我有点心怯，于是就顺坡下驴，打道回府。每次回家，我都会陪他走到他村口的树林，直到突然有一天他再没来上学，才不得不终止这一长亭兼短亭的少年送别。

小孩子无猜忌，不论顺路还绕路，送你回家才是我唯一选择的路。

有年夏天，我去深圳给基层公务员上写作课。本来只需住一晚，因为很想见见生活在这里的发小，特意让邀请方给我买次日的回程票。再留一晚，以期跟那多年未曾谋面的发小见上一面，小聚一下，喝杯小酒。天不遂人愿，苦等一晚，不见人踪影。离开深圳前夕，在火车上给他发信息道别。他回短信道歉，并解释道："昨天真的很不好意思，你在龙岗，离我太远了，不方便过来。你知道深圳有多大吗？"晕，这不是在欺负我这三线城市的"井底之蛙"吗？我确实不知道深圳到底有多大，但能断定，区区一市从东到西头，肯定远不过从南昌到深圳。

你以为顺路过来看朋友是多深的交情，而人家已不愿意绕一点路，来与你会面。友情之悲，莫过于此。

有一段时间，我在大学的课都安排在晚上进行。有位读者得知这一消息，给我来了个突然袭击。有次下课铃声刚响，那人就发信息过来："陈老师，我在你学校停车场，等下接你一起去吃夜宵。"在我看来，这可不是什么意外惊喜，纯属十级惊吓。

害得我赶紧回复："我已搭同事的顺风车回家了。"

那人说："骗人！才下课一分钟，你会飞呀！"

这个世界的怪事——你绕路过来看我，而我却搭便车，溜之大吉。

去年暑假，得知北方一朋友身体有恙，我像14年前第一次拜访他那样，又一次坐了十几个小时的硬座，赶赴冀中南明珠——邢台，看望他。绕再远的路，买一张火车票，也就顺了。

古时候，大禹治水患，三次顺路到家，却过门而不入。心系大家舍小家，再顺路，也要绕道而行，所以大禹被后人视为圣。

情感世界的路，纵有千万条，归根结底只有两条：顺路和绕路。情在心中，绕行千万里，来看你，也是顺路；情断义绝，就算擦肩而过，也会迅速躲开，绕道，远离，恨不得与那人保持一万光年的距离。

路不在远近，在心。心里有你，脚下自然有路；心里若无，世上便无一条路通向你。并不是条条道路都通罗马，每个人都住在自己的罗马，有时与寂寞同在，有时热闹奔你而来，关键在于你有没有住在别人的心里。

情不在浓淡，在适意。合适便千方百计，千辛万苦，千水万山，不畏路遥，不嫌日短，哪怕绕过整个地球，也要奔你而去；不适，即使对面也不牵手，即便同船也视而不见，像躲瘟疫一样，与之隔出这个世上最辽阔的距离来。

顺心，方能顺路；堵心，自然绕路。你所走过的每一条路，尽头都住着一颗火热的心。

碗来了

多年以后的今天，我终于弄明白了，碗大不是好事。

有一个印证经济发展的感性指标是女人裙子的长短，结论是，裙子越短，经济就发展得越好！人穷的时候，喜欢计较布料的多寡，同样的价钱，长裙肯定比短裙合算。富裕起来的女人，布料少一点，不心痛，更看重款式新不新，做工精不精，质地好不好。街上短裙女人越来越多，富起来的人就多，经济不就运行得好了吗？

手里的碗和女人的裙，道理相通。计较碗大小的人，就没法挑剔碗里的内容了。

刚来南昌的时候，叔叔送给我一只大大的搪瓷碗，外边有墨写的"某某局第三届职代会纪念"几个大字。每天，我拿着这只大搪瓷碗到单位食堂打饭，在去食堂的路上，用筷子敲碗，叮叮当当，像是在为打饭这桩神圣的事鸣锣开道。从小母亲就教我，吃饭之前，不能拿筷子敲碗，那是咒天，吃完饭，筷子不能搁在碗上，那是骂人。母亲教我随遇而安，饭吃到一口算一口，不要怨天，不去尤人。然而，这只大大的搪瓷碗，将母亲渗透我多年的用碗礼仪轻松解构。饭前敲碗消饥，饭后筷子毫不犹豫地搁碗上，在我看来，单身宿舍任何一块地方都没有碗沿干净。

　　我那只大搪瓷碗能装6两米饭，午餐和晚餐，一般是打4两饭，外加一荤一素2个菜，堆成一座小山似的。但总是进餐后不到两个小时，肚子就咕咕狂叫。真搞不懂，那时候怎么那么能吃，吃完还不长肉，体重一直维持在110斤和114斤之间。那时，大搪瓷碗里永远缺一个主题：油花。所以，洗碗最省事，放在水龙头下稍稍冲荡就好了，爽爽快快，干干净净。这奠定我今天在家里当"洗碗夫"的神圣地位——爱洗碗是那时落下的根。

　　后来情势有所好转，能常常到外面打打牙祭。只是，每每在酒楼饭店吃饭，很不适应那大小与茶碗相似的饭碗，只需两口就能吃得底朝天。伸碗向服务员再添一碗，她惊愕不已，问道："谁要饭？"满桌的人笑得前俯后仰。这样的局面没持续多久，便渐渐适应了小碗，随着幸福小肚腩的日益隆起，"小碗吃饭"日渐成为进餐的标准概念。

　　搬新家之后，去超市买餐具，鱼盘、汤钵等都是大大的，10只饭碗，选的是最小号。岁月流转，现在，再去用大碗盛饭，还真的不适应。有时，看着被束之高阁的那只生了锈的大搪瓷碗，心里顿生沧桑，最明显的，是我这胖胖实实的140斤的体重，再也落不到110—114斤的区域内，就像小碗与大碗不是一个重量级一样。我家的书橱，甚至还收藏了一套放不下小指的微型饭碗。看着这套精致的小家伙，我就想，碗越来越小，生活也越来越小（康）啊。当然，那个康字说出来还不是那么理直气壮。

　　关于碗，南昌曾有一句广告语深入人心："对不起，我们来晚了！"这是肯德基当年挂在百货大楼上的巨幅标语。当年，每每从八一大道走过，看见这句广告语，就会情不自禁地低吟："来碗了——来碗了！"我从来没见过肯德基的模样，开张后，总是在门外徘徊，人多得压根挤不进去。所以，我一直没弄明白，吃肯德基是不用碗的。

大约两个月后，全城都在流传一个惊人的消息："南昌第一家肯德基——百货大楼店创下单店营业收入全球第一，而且，这冠军宝座一坐就是数十天！"乖乖，见过这么疯狂的吃法吗？吃到无碗，就陡然上了一个台阶，创下世界纪录，境界高远啊！

昨儿上街，看见一则公益广告，宣传共青团推行的"蓝边碗计划"，看见那只鲜活在巨幅广告帆布上的大大的蓝边碗，不由得想起躺我家吊柜里的那只大大的搪瓷碗，想起那些并不久远的没有油花的日子，想起让人难挨的饥饿。

有一位作家说过，只要世上还有一个人饥饿着，就是所有人的耻辱。我们这个世界，应该告别这种耻辱的。是啊，碗来了，大大的蓝边碗，通过那一双双饥饿的手递过来的，递向在尘世中忙碌的我们。但愿，不久的将来，那些端过蓝边碗的手，也能和我们一样，用小碗吃饭，过小康日子。

电梯是不可调戏的

我的办公室在27楼，每日都得乘电梯上下楼。有一次，电梯停电，从一楼爬上来，累得眼冒金星，差点就口吐白沫了，才知道有电梯多好啊。从此，我打心眼里喜欢电梯能正常运转的上班岁月。

也是那次停电，很多同事却是另一种心态：真倒霉，居然没电！他们把满腹的牢骚都发在停电这个事情上，而没有把好感投放给正常运行的电梯！不过，想想也是，电梯只不过是一种方便人上下楼的机器而已，对它有或者没有好感，没有谁会去较真，更不会有人来追究，电梯更是无从白你一眼，抑或，冲你一笑。机器就是机器，只是为人所用，为人控制，是人的附属品，一切都听人的。直到目睹了一场灾变发生后，我才对这番论调产生动摇。

那天下班，27楼的同事们收拾东西，关好门窗，陆陆续续赶往电梯口。电梯下行，在27楼停了，随着"嘀"的一声，门开了，我和一批同事先行进入电梯。门即将关闭的时候，一同事来不及按电钮，急忙把手伸了进来，电梯门自动反弹。再次关闭，又一同事以同样的方式抢进电梯，然后，不忘感叹一句："下班高峰，电梯难等啊！"她正说着，走廊里一男同事叫住她："帮我按住电梯！"她按着开门键，然而晚了，电梯门还是向两边合拢。走廊里的男同事急不可待，把手上的书伸进即将关闭的电梯门里。怪事发生了，这一回，电梯门没有被弹开，而是夹着书本强行关闭，然后下行。一本好端端的书被挤压得稀巴烂！

突如其来的一幕，把电梯里的我们都惊呆了。幸好是本书，要是一双手，那可就完了！等我们缓过神来才明白，电梯门遇物自动反弹是有限度的，否则，它将按照自己的意志行事。

此事引起大楼物业部门的高度重视，电梯管理员特意在各层电梯口贴了告示，告知大楼上班的员工开启电梯一定要按电钮，而不是伸手进去等电梯自动弹开，如果赶不上这一趟，就等下一班。告示归告示，大家一忙起来，就把它忘在脑后，为抢时间，在电梯门即将关闭时，照例伸手进来……因为目睹了那一幕，我再也不敢贸然行事。由此，我深深地懂得了一个道理，电梯是不可调戏的，一次二次，电梯也许会原谅你，次数多了，它就会以残酷的方式来惩罚每一个调戏者。

我们都知道，世上每一个人，都是有人格的，都有其不可侵犯的尊严。人同此心，心同此理，世界上每一样东西都有物格，同样是不可调戏，不可侵犯的。你向河流倾倒垃圾，河流会报复你；你向森林举大刀，森林会惩罚你；你向小草伸出践踏的双脚，小草会控诉你……

人要常怀敬畏之心，向身边每一样有物格的东西致敬，人更要长盈喜爱之感，喜欢并关爱身边的每一样东西。如此一来，每一样有物格的东西就会向整个人类致敬，互敬互爱，才会像电梯那样上下贯通，永续美好！

跳一跳，跳入游戏至境

忽然之间，迷上玩"跳一跳"。这是一款再简单不过的小游戏，手指按住屏幕，蓄势，备跳；松手，弹跳。那个可爱的小人成功落在前面的物体上，即可得分，跌落，则挑战失败。初次接触，根本不知道怎么玩，乱点一通。后看一小视频，一只可爱的猫咪玩转"跳一跳"，瞬间，茅塞顿开。原来是这么玩的。

跳一跳，很简单，但得分不容易，动不动给你弹出一个"再玩一局"来，让你手心痒痒，欲罢不能。问题出在备跳环节，手指按的时间过长过短都会导致脱靶，Game Over。

越简单越难办，越难办越勾人，就这样被"跳一跳"给跳入迷了。被其迷住，算是进入游戏的迷境吧，于是乎，有人为它误正业，更有甚者，为它抛弃自尊，丧失人格，浑浑噩噩，蹉跎岁月。所以怎样才能进入那种"游戏为我欢，我为游戏乐"的至境呢？这让我想起一个人来。

前不久，奉命采访一名优秀的电大毕业生，她推三阻四，不太配合，原来，她觉得自己能有今天这样上进，是和婆婆分不开的，光荣不能让自己一个人独享。曾经，她也是一个玩起游戏来不要命的人。开始婆婆不会干涉，因为她在城里，老人家还在村里，后来她儿子出生，需老人家照顾，才把婆婆接来城里一起生活，于是，改变了她的命运。

见她玩游戏疯得不得了，婆婆什么也没说，反而夸赞她："不错，这点像我！"可是婆婆玩的是麻将，压根不是什么游戏。她觉得就这样被婆婆拉为同类，实在太遗憾了。没过多久，她被婆婆的游戏精神深深震撼了。儿子上幼儿园后，婆婆清闲了许多，却并没有疯玩麻将，而是找事情去做，到菜场帮人卖菜，每天四五点起来去批发市场接菜，开箱装袋，码放好，卖到上午八九点回家。没过多久，婆婆又在30里外的洪城大市场找到另一个差事——给30多个人做一顿午餐。

对她来说，这两件事，能做成其中任何一桩，都很了不起，但婆婆竟然把两份事都做得让东家满意。令人称奇的事，不到半个月，人家见她婆婆饭菜做得好吃，为人也不错，又推荐去给另外一个公司做午餐，用餐人数20人。婆婆居然承接了下来。

天啊，这怎么可能呀？把她担心坏了，急得不行。但婆婆云淡风轻，了无挂碍。

一个50多岁的老人家，起早卖菜，中午跑两个地方，给多达50个人准备午餐，怎么忙得过来？关键的一点，她婆婆在帮人卖菜的时候提前把中午的食材全准备好了。卖菜的老板也挺开心的，因为多卖掉了那么多菜。而且为了不耽误两边开饭，婆婆分身有术，特意错开半小时开饭。

一个人，三份事，妥妥帖帖，忙而不乱，行云流水般流畅。下午没什么事，她婆婆准会坐在牌桌上，跟小区里的老人家开开心心摸几手牌。毫无疑问，她婆婆进入了游戏的至境，在玩耍中放松，在放松中，享受游戏的乐趣。

近朱者赤，励志婆婆打动了她，先是拿游戏开刀，严格控制玩的时间，在邻居家的帮助下进入一家公司做文员，后来又帮忙登账。工作中，她觉得自己有能力和学历方面的双重需求，于是，报考电大，读了会计专科，又上本科，业余时间还参加了会计实操班的学习。

她对我说:"玩游戏,应该是正事做妥当后,调剂一下生活,那才有意思。天天玩得昏天黑地,其实人特别空虚,我能读完电大,最应该感谢的是我婆婆!"我知道每一个优秀人士都有一个关键的痛点,没想到她的居然是游戏。人这一生,不怕疼痛,只怕麻木。有痛感,就知道如何进取,麻木了,就只剩一具空空的躯壳了。如今29岁的她成了电大优秀本科毕业生,取得会计师资格,正在复习考注册会计师。

有人说,给他一个支点,可以撬起地球,而她用自己的实际行动,告诉世人给她一个痛点,准能撬动人生。

我问她:"你现在,又要工作,还要复习迎考,学习实操,回家后还得管小孩,又忙又累,还会玩游戏吗?"

她莞尔一笑,说:"玩啊!为什么不玩?"

我惊问:"最近在玩什么游戏?"

她笑答:"跳一跳。"别人撞衫,而我们是撞同款游戏了。

游戏玩家分两拨,一拨被游戏玩,另一拨才是玩游戏,前者入迷境,后者才是至境。为游戏痴迷者会变得麻木,只有那种进入了游戏至境的人,才会进退自如,张弛有度,享受美好人生。

米

从老家背回一袋占米,成了回故乡一道不变的程序。米为二姐家所种,有老家的味道。

每次从老家带米回城吃,舌尖总能鲜亮好些时日。唯这次有些特殊,舌尖倒是亮了,牙齿也跟着遭罪——米里有沙子。正嚼得欢,咯嘣一下,咬上沙子了。老担心牙要崩坏,所以,吃饭时格外小心。

想起一则故事,趣味深长。集市里有一位老人在树底下卖米,米袋旁边,卧着个沙袋。这沙子用来干吗呢?搭售。他要求买十斤米者,必得买走半斤沙子。有人愤愤不平,质问道:"哪有你这样缺德的商家,沙子卖出米价来!"老人说:"我不像某些人,把沙子直接掺进米里,让你回家栋个够。"

就算掺沙,也摆在明面上,莫非这就是业界良心?这个故事存在的前提是米里有沙。那么,问题来了,米里面怎么会有沙子呢?进沙的途径有多种,收割、晒收、碾米、筛米、储存等各个环节,都有可能成为沙之源。所以,古人淘米都有一个前置程序,米里挑沙,就像诗人醉里挑灯看剑那样。胆敢忽略,就得忍受一口饭,一粒沙。

彻底解决米里含沙的问题，只能靠现代技术了。机米设备更新换代，到如今，能够自动分拣沙粒。这次背回来的故乡米，之所以除沙未尽，只因设备出了故障。

故事里那个卖米的老人，良心未泯，不往里掺沙。若是心术不正，只赚黑心钱，十斤米倒入半斤沙，你也拿他没办法，概率事件，横竖都说得过去。这么说来，那个搭售沙子的老人，也算是个实在人了，虽说他的良心在米价面前打了折扣。按照今天的说法，他算得上奸商。

据说，奸商的前身是"尖商"，也与米有关。古时候卖米，不用秤称，而是拿斗升量，商家图个薄利多销，装满升斗后，硬是要堆出个小尖尖来，等于白送。这样的有良商家，人称"尖商"。

思绪无腿，古今跑个来回。回到现实中来，从二姐家拖来的这袋米，怎么处置？米含沙，没法吃，不如丢掉算了，却又舍不得。

春种夏收，二姐二姐夫挥洒了多少汗水啊，不远百里，从乡下背进城来，辛劳无度，太不容易了。更何况，这米做成的饭，口感确实好，终究还是不舍得扔。于是，得空就把米摊在纸上，挑沙捡沙，细细地翻拣，聚精会神时能听到自己的呼吸和心跳，时光从指间嗖嗖地流走了。

于是，便有这与米有关的细碎念。

练字多练"永"，起步的时候须练"米"字，且最好在米字格里练。做人要像"米"字那样横竖端正，撇捺有形。

为人处世抵达化境，得从"永"字里吸取营养，点到位，钩出味，出世入世，有水之柔情，云之温婉。人之变化，犹如流水日夜奔涌向低处，有上善之姿。

斗米养恩，担米养仇。雪中送炭，让人感激一时。济长时之困，感激难持久，更不可能形成感恩，久而成例规，似乎就把这一切看作理所当然。感恩不曾有，感激也会荡然无存。一旦断送，仇恨由此生，弥散至天地之间，大到无形。古人说，救急不救穷。

借米不借柴，借衣不借鞋。没米，可能因为太穷了；没柴，原因只有一个，人太懒。穷人，志不短，借米养志，总有翻身的时候。懒人，气不顺，借米给他，照样也会饿死的。古人说，救穷不救懒。

大米养人，小米养胃，玉米养颜。

南方人吃大米，个个用海碗盛，怎么吃也吃不厌；北方人喝小米粥，把胃喝成铁打的，灌几瓶白酒下肚，也像喝白开水一样，没事；爱美的女人，上了餐桌，非得点上一盘松仁玉米不可，越吃越好吃，越吃越好看。

三天不进米，天庭塌陷，地阁沦落，再壮的汉子也会双眼无神，四肢无力。水养日子米养人。

柴多米多，日子更多。柴和米，光靠储备的那些，总有一天会坐吃山空。家储再多，也多不过漫长的岁月。柴米靠的是日积月累，一点一点，拿出松鼠收藏松子的劲头来。

春夏耕种，秋收冬藏，少了春夏秋的付出，光谈冬藏，就是要流氓。

筛米务尽，淘米勿净。

过筛，谷粒和大沙粒会悬浮在上面，务必除尽；淘米，洗一二遍就可以了，千万别把米淘成净白，流失的都是营养物质，实在可惜。

做人也如此，心中的恶念，嘴里的恶言，手上的恶行，务必一一除尽。但势不可使尽，话不可说尽，所处的环境也不能太干净……要不然，麻烦会自动找上门来——受惑于人，受困于天。

说话太狠，容易招人嫉恨，太过干净，有洁癖的人更容易得过敏体质，抵抗力下降。

人可三月不食肉，不可三日无粒米。米滋养肉身，米润泽华夏。酒池肉林终会厌，吃什么都不如一日三餐的粗茶淡饭。好酒好茶待客，显示客人的尊贵；家常便饭待人，那人才是至亲。不为五斗米折腰的人，家里必有五担米存着。

神仙眷侣，不如柴米夫妻。不怕生米煮成熟饭，就怕没米傻傻地端着空碗等开饭。巧妇难为无米之炊，但没水没火的话，就算有米，巧妇也同样为难。所以巧妇不为难的前提是有水，有米，有柴火，那样炊事才不难。

特殊时期，有钱不如有米，有权不如有米。食有米，居有竹，粗衣当锦，安步当车，我的人生至味。

速度与激情

面对纷繁复杂的当下中国，该如何描述才不至于让人感觉是盲人摸象呢，选择关键词很重要。如果只用一个词来给我的祖国贴标签，我首选"速度"。近几十年来，中国正借此惊艳世界，令世人侧目。

把"速度"和"经济"捆绑推荐，是很多人的下意识行为，已然成为一种习惯。于我而言，这般宏大叙事，缺乏打动人心的细微和感人至深的柔软。我更乐意将私人化的感受放入记忆托盘，历冬经夏，几番风雨后，再仔细打量，品味其中的"激情"。

比如火车。这个与青春天然关联的物什，以远方来诱惑躁动不安、年轻的心，激发壮志，用勇敢闯荡世界，让青春放浪天涯。中国铁路以越来越舒畅的方式嵌入国人的生活，令人惊喜连连。

20岁那年，从南昌出发，我去首都寻梦，绿皮车，京广线，经过30多个小时颠簸，终于闻到了首都的气息，其耗时之长，足够上演一出古典浪漫的爱情大戏。前几年，我40岁，再次进京，夕发朝至，才八九个小时，在南昌的黄昏里闭眼，睁眼已看到北京的黎明天空。

中国速度，中国奇迹，得于中国高铁。高铁以2万多公里的超长里程，占世界高铁65%的份额，傲视全球。

对比，出奇迹；速度，生激情。

过去日行千里是神话，而今，近1500公里的路程，才几个小时而已。从绿皮车，到高铁，中国以踏实的节奏，走出了自己的速度，令亿万国人享受时代赋予的激情。

与高铁相呼应的是"移动支付"，搭乘"信息高速公路"，成了人们生活中寻常景。世界各地的人们还在畅想"一部手机生活无忧"的时候，中国已经用"移动支付"把图景变成触手可及的便利。

记得六七年前，智能手机上市之际，我以忠于内心，不为所动之憨厚，固执地手执功能机，抵制这惊人的变化。没过多久，我对自己螳臂挡车式的思想，嘲笑不已。去年，买个东西，还会问人家，能移动支持吗？有人答可以，有人说不行。而今，就连街边卖烧饼、豆腐脑的小贩都会说："支付宝，还是微信？扫这里。"

速度是这么奇妙的东西，快得让人停不下来，激情撞满怀，贪恋由此生。我从一个抵制速度的人，在速度提起来之后，发现生活原来这么便捷，奇妙得像万花筒。

速度在加快，激情在澎湃，心也随之浮躁起来。

直到有一天，我回到老家，在儿时的老屋，听故乡的风，看村前的流云，浮躁的心在美丽乡村瞬间得到净化，沉静如睡莲。

我通过速度发现中国之奇，又凭借故乡之行感受到中国之美。速度带给人们的终极体验不是激情，而是心之安宁。

回不去了

不知何故,我的胃对瓶装水有天然的排斥,咕咚咕咚喝下肚,仿佛进去的不是水,是空气,无感。对我来说,上品好水,源自老家村口的井,以及深山老林的泉。上品,求之不得,只好把城市自来水烧开来喝。

居城多年,烧自来水喝,成了我雷打不动的补水方式。

我从教的学校,为了师生的饮水安全,在教学楼二层和四层,安放了净水设备,凉热自选,甚是方便,但我从不去那里打水。课间,跑去教师休息室,倒同事烧好的自来水喝。凉白开喝进肚才踏实,胃才认账。净化过的水,怎么喝都感觉不解渴。

搬到学区新居后,最让人揪心的是饮水安全。

这是20世纪90年代兴建的第一批住宅小区,时隔多年,地下自来水管网老化、锈蚀。本城饮水一直很安全,自来水出厂水质达到了直饮标准,但流经超期服役的管网,难免受到二次污染。

家里水龙头流出来的水,还能安全饮用吗?

脑袋里一万个问号在飞。驱散这像山洞里的黑蝙蝠一样密集的问号,只有一个利器——净水器。于是,咬牙买了最新款的净水装置,在水的终端守护家人饮水安全。

习惯了喝凉白开的肠胃，渐渐被净水征服了。

煮熟的净水，凉了再喝，那感觉纯净如婴儿的微笑。净化过的自来水烧开泡茶，茶之清香，都平添了几分艺术气质。久而久之，啜、饮、喝、品，从口到胃，都有一种无可言说的爽惬。净水由口入心，妥妥帖帖，安恬如婴儿入梦。

偶尔再喝烧开的自来水，那股不可言状的怪味，令人不爽的氯气，还有那粗劣的口感，让我无法下咽，到达胃里居然会有小小的痉挛，不堪其苦。此时此刻，何以解忧？唯有瓶装饮用水。

一杯净水，让我再也回不去了。

声音对我来说有天然的魅惑，就像嘴巴贪图美食那样，耳朵对各类妙音总有无尽的贪恋。

打小爱听广播，人到中年尤甚，偶尔几次，心事重重，无法入眠，打开收音机或者点开手机里的音频app，声音如流水般在耳边流淌，招徕瞌睡，迷糊入梦乡。

多年来，收音机被我听坏了一个又一个，蓝牙音箱买了又买，总也不嫌多。我面对声音制品，就像女人面对满柜衣服，总感觉少了那么一件。

直到买到那个桃木小音箱，才将这一无厌的渴望，彻底解除。从那精巧的盒内涌流而出的声波，缓缓地在屋里打旋，翻转，回荡，仿佛暗夜亮灯，闪光，我的心也随之敞亮。

那一刻，声之美，音之感，让我为之倾迷，不知今夕何夕。

有了它，中国产的，外国出的各式各类收音机和小音箱都被打入冷宫，摆在家里，落满尘灰。从此以后，手机若是不连接蓝牙小音箱，那尖噪之声，听起来，格外刺耳。

一缕妙音，我再也回不到单薄粗犷之声盈耳的过去。

上海有个朋友说，一天不洗澡就不舒服，哪怕是大冬天。

这让我在心里嘲笑了大半年，世上怎么会有这样的人，天天洗澡，不怕把皮肤洗破了吗？是强迫症犯了，还是有洁癖？她解释不通，我更理解不了。

年过四十后，和不少中年男人一样，我的头发问题凸现，继鬓发全白之后，顶发开始稀疏，秃顶之势不可逆转。偶听电台节目得知脱发与油脂分泌过旺有关，腻腻的油把毛囊给堵住了，生发困难，掉一根头发就少一根，不能再生。

也就这几年我突变成中年油腻大叔，头油发亮，随便一梳，油光滑亮，人家还以为用了高级发膏呢。听完这档节目，吓得我赶紧启动"洗头计划"，每天一洗，雷打不动。

洗头很麻烦，不如洗澡的时候，顺带把头也给洗了，于是，我也每天洗澡了。我把这事拿来跟上海那个朋友分享，埋怨天天洗头洗澡，太麻烦，浪费时间。她说："不出一个星期，你就无法适应不洗头不洗澡啦。"

果不其然。坚持了半个月，适逢出差到外地，没法洗澡，那晚感觉头皮溢出来的油，都能漫过金山，浑身不舒服。第二天回到家，第一时间，就是烧水洗澡。

一洗清爽，我再也回不到隔三岔五洗头洗澡的从前。

张爱玲的第一部长篇小说《十八春》（后易名为《半生缘》），最让我难忘，令人唏嘘不已的情节，与"回不去"有关。

流年匆匆，往日不再，顾曼桢和沈世钧过了小半生，穿越14年光阴，在公车上偶遇。曼桢轻唤："世钧。"岁月起寒风，她的声音在颤抖。言者无法自抑，闻者也没作声，大家哽住了，没法开口。曼桢半响方道："世钧，我们回不去了。"他们都知道这是真话，听见了也还是一样震动。面对曾经深爱的男人，如今只能借他肩膀上一靠。他抱着她，好似生死诀别。

张爱玲感叹："如果注定错过，为何要曾经深爱呢……"

郭敬明在《悲伤逆流成河》里这样写："这个世界上最残忍的一句话，不是对不起，也不是我恨你，而是，我们再也回不去。就是这样再简单不过的一句话，生生地将两个原本亲密的人隔为疏离。"

经历过相遇相知，抵达深深相爱之境的一对人，从此，再也回不到从前，世之悲哀，莫过于此。若没经历过，永远都不会明白，那是怎样的切肤之痛。

之所以回不去，是我比以前过得更精致，活得更好，已然回不到从前的粗鄙。此情不再，恍如隔世。

一维时光，一去不复回。只有朝前走，没有回头路。

不惑之惑

有人说，不联系不代表我不想你。有首歌是这样唱的：或许以后你会记不起我的名字，不出现，不打扰，是我最后爱你的方式。

天命人事相逼催。相遇相知相恋后的陌生，源于两人之间突然的不联系，然后是长久的沉寂，杳无音信。说到底，人世间只存两种不联系，一是彻底忘记；另一种是放在回忆里。那么，"最后爱你的方式"是忘了呢，还是安放在记忆深处？哪一种更好一点？

夏目漱石说："人生二十而知有生的利益；二十五而知有明之处必有暗；三十而知明之多处暗亦多，欢浓之处愁亦重。"

两岁小孩便知这是我的，那个也是我的，外人勿动，爸妈也不可夺取。获利之心，利己之本能，自始萌发，生生不息。天下之大，利来利往。人心之深，欲壑难填。有利可图，大家蜂拥而至，这好理解，无利也起早，是不是更加难能可贵？

太阳之下，了无新鲜事，无非吃喝拉撒睡。看得见光明，却对投下的阴影，视而不见，如此短视，绝非一时之功。只见光明，不知暗处，亲友各式阻拦不管用，恋人苦口婆心地劝告也听不进，非撞个头破血流不可。这样的执着，不知多少人曾经做过,也不清楚多少人正在做。

只有要等到头撞南墙才能领悟一加一等于二式的简明道理?不曾开窍的灵魂是不是永远明暗难辨,是非不明?

10岁的时候,巴不得自己快快长到20岁,那样就可以远离爸妈离开家。

16岁的那年,负笈上县城求学,背井离乡,油然而生一种悲怆,常常一个人躲在黑夜想家,泪如雨下。

20岁的时候,幻想早生贵子,做另外一个生命的爸爸,却苦等多年未果。

32岁那年,女儿出生,却是家分两半,东奔西跑,苦焦得连饭都吃不下。

而今终于跨过不惑之年,却幻想有朝一日,我能穷尽今之所有,换回我二八芳华。

坐上时光穿梭机,重回青春,估计这个世界不止我一个人如有此痴念。

可是,亲爱的,快快告诉我,世上到底有没有这样的生意可做?